IL PULITORE

RENEE ROSE

Traduzione di
EMA FERRARI

RENEE ROSE ROMANCE

OTTIENI IL TUO LIBRO GRATIS!

Iscrivetevi alla newsletter di Renee per ricevere Indomita, scene bonus gratuite e notifiche riguardo a nuove pubblicazioni!

https://subscribepage.com/reneeroseit

PREMESSA

Cari lettori,

quando ho buttato giù la traccia dei personaggi e delle storie di questa serie di libri, non avevo idea che la Russia avrebbe invaso l'Ucraina. Pubblicare un romanzo rosa con un eroe russo che rapisce un'eroina ucraina, peraltro con la trama più incerta di tutta la serie per quanto riguarda il consenso, è un tantino stonato, e per questo vi porgo le mie più sincere scuse. Se potessi cambiare la nazionalità dei personaggi, lo farei.

Mentre lo scrivevo, ho cestinato alcune idee che avevo per la trama originale perché troppo oscure e crude. Questo libro doveva essere curativo. Perché, dopo tutto, è per questo che leggiamo i romanzi. L'amore vince. L'amore guarisce. L'amore ci regala un lieto fine.

Come per il Covid e le quarantene, la guerra non comparirà nei miei romanzi rosa. Questi ultimi sono fatti per l'intrattenimento e la fantasia, per permettere una fuga dalla realtà, non per setacciare significati più profondi.

Se temete che i contenuti di questo libro possano offendervi, non leggetelo. Capisco perfettamente.

Con affetto e manette,

Renee

CAPITOLO UNO

Adrian

Dai, detka. Sto aspettando.

Mi appoggiai a un muro di mattoni, rivolto all'ingresso dell'appartamento di fronte dove viveva il mio obiettivo, Kateryna Poval. La pioggia incessante di Liverpool si era fermata per il momento, ma la nebbia si annidava vicino ai marciapiedi, oscurandomi di tanto in tanto la vista. Una ragazza che corrispondeva alla descrizione uscì dall'appartamento, ma non poteva essere lei. Sembrava troppo giovane. I lunghi capelli scuri erano stretti in due trecce, e indossava un'uniforme scolastica: calzini alti al ginocchio con gonna corta e plissettata e camicetta bianca...

Eh. Un attimo. Forse non era così giovane come pensavo. La camicetta era legata sotto il seno per scoprire la pancia piatta, e la scollatura era *troppo* profonda per un'uniforme scolastica: esponeva tra l'altro delle tette piuttosto impressionanti. E non indossava né giacca o né cravattino. Inoltre la gonna era troppo corta.

Tra l'altro, erano le ventidue.

Quindi non era una studentessa in uniforme, era il mio obiettivo con indosso una specie di costume. Aveva uno zainetto sulle spalle per completare il look da studentessa, anche se era più simile a una borsa che a qualsiasi cosa potesse contenere libri o quaderni.

Perché non indossava una fottuta giacca? Non si gelava come a Chicago o in Russia, ma l'Inghilterra era ancora fredda a gennaio, per amor di Dio. Non sapevo che cazzo me ne fregava, ma mi dava fastidio.

Rimasi nell'ombra a seguire la giovane sul lato opposto della strada. Era stato quasi impossibile ottenere foto di Kateryna – non era presente su nessun social media, il che era inaudito per una ventenne – ma il nostro hacker era entrato nei suoi registri scolastici per recuperare una foto più vecchia.

La figlia di Leon Poval era andata in un collegio dove era stata iscritta con il cognome Kovalenko, ma aveva completato il liceo due anni prima. Ora frequentava una piccola scuola d'arte lì, il che era strano. Sicuramente ne avevano anche in Ucraina. Forse Poval pensava che fosse più al sicuro nascosta in Inghilterra.

Non me ne fregava un cazzo, l'importante era che fosse viva e potesse essere usata come leva contro di lui.

La seguii fino alla fermata dell'autobus, dove si appollaiò sullo schienale di una panca di cemento, i piedi – che calzavano delle zeppe – sul sedile. Si scostò una delle trecce scure dalla spalla e fece un palloncino con la gomma. Non riuscivo a capire se fosse davvero un'insolente adolescente troppo cresciuta o se invece avesse una sorta di feticcio legato alla scuola. Mi ricordai che nella moda giapponese c'era una tendenza legata alle uniformi scolastiche sexy, forse era quello il suo pallino. O magari era una spogliarellista? Mi sembrava di ricordare che Pavel mi aveva detto che il look da studentessa era popolare tra le spogliarelliste. O nei sotterranei sadomaso che aveva frequentato? Cazzo, non lo sapevo. Non uscivo molto, vista la fragile condizione di mia sorella.

Tirai fuori il telefono e studiai la foto che mi aveva inviato Dima per paragonarla alla giovane donna alla fermata dell'autobus.

La ragazza della foto combaciava perfettamente. Nella foto era di qualche anno più giovane, indossava un'uniforme più conservatrice con giacca e cravattino e appariva tanto innocente e giovane quanto quell'altra versione sfacciata.

L'autobus si avvicinò e io attraversai la strada, rimanendo indietro fino a quando lei non salì a bordo, poi montai e scivolai su un sedile della parte anteriore.

Tirai giù sulla fronte il berretto di maglia che indossavo. Lei era dietro di me, ma potevo vederne il riflesso sul parabrezza.

Portava un sottile cerchietto d'oro al naso. Si mise gli auricolari nelle orecchie e scorse qualcosa sul suo telefono. Non mi aveva notato, il che era positivo perché non avevo intenzione di prenderla quella sera.

La nave mercantile che avevo organizzato per trasportarla negli Stati Uniti non avrebbe attraccato che di lì a qualche giorno. La stavo solo tenendo d'occhio, al momento. Probabilmente non la mia mossa più intelligente, visto che non ero pratico di discrezione quando si trattava di stalkerare. Non volevo che si accorgesse di me. Ma non volevo nemmeno perderla di vista. Cercavo suo padre da oltre un anno. Da quando mi era sfuggito dopo che avevo bruciato la sua tana di schiave del sesso travestita da fabbrica di divani.

Quando Dima, mio fratello bratva e miglior hacker russo, mi aveva detto di aver scoperto che Poval aveva una figlia, avevo dovuto cogliere l'occasione.

Non le avrei fatto del male.

Al contrario di quanto Poval aveva fatto con Nadja.

Ma era dannatamente certo che glielo avrei fatto credere. Volevo che soffrisse, volevo mettere in atto ogni trauma e fino all'ultima umiliazione che lui aveva inflitto a mia sorella. L'autobus si fermò un paio di volte e poi Kateryna scese. Aspettai qualche istante, fino alla chiusura delle porte, poi mi diressi verso l'uscita, facendo imprecare l'autista, che spalancò di nuovo le porte. Scivolai fuori senza farmi vedere e la seguii a distanza. Eravamo in una zona industriale e in costruzione della città, ma c'erano auto parcheggiate ovunque. Qualcosa stava sicuramente accadendo. Una festa in un magazzino. O forse facevano ancora i rave a Liverpool. Ad ogni modo, dovevo entrare se non volevo perdere le sue tracce. Il posto sembrava pieno.

La guardai bussare alla porta. Quando si aprì, la musica risuonò dall'interno e un ragazzone che sembrava una specie di buttafuori la fece entrare. Aspettai sessanta secondi poi la seguii. «Parola d'ordine?» chiese il tizio all'ingresso.

Tirai fuori dalla tasca una banconota da cinquanta sterline e la misi sul palmo del ragazzo. «Grazie mille» dissi, desiderando che il mio accento russo non fosse così dannatamente forte. Almeno i tatuaggi che avevo sulle nocche non mi ostacolavano, con uno come quello.

Mi diede una controllata. «Hai degli amici dentro?»

Cazzo.

«Sì» dissi, il cervello in agitazione. «Sono amico di Kateryna. Hai presente la ragazza ucraina? È vestita da studentessa.» Forse, se fossi stato fortunato, avrebbe preso il mio accento per ucraino.

Funzionò. Aprì la porta. «Kat è appena arrivata.» Indicò l'interno con la testa. Sperai che l'aver fatto il suo nome non mi si ritorcesse contro. Avrei fatto meglio a inventare qualcos'altro. Vabbè, ormai era troppo tardi.

Entrai nel magazzino dalle luci basse. Era illuminato con luci colorate come una discoteca e dai grandi altoparlanti rimbombava la musica. C'era un dj che suonava nell'angolo e bei mobili da salotto intorno alle pareti della stanza. Il posto era pieno di corpi che saltavano e ondulano a ritmo. Era sicuramente un rave. Kateryna – o almeno immaginavo che Kat fosse lì – non si vedeva da nessuna parte, ma il suo aspetto si adattava perfettamente a quello delle altre ragazze poco vestite.

La buona notizia era che potevo confondermi nella folla. La cattiva era che non avevo idea di dove fosse scomparso il mio obiettivo. Infilai le mani nelle tasche della giacca e mi feci strada casualmente tra la folla, muovendo la testa a ritmo come se fossi andato lì solo per la musica.

Non fu affatto difficile trovare Kateryna perché si era arrampicata su una grande cassa di legno e faceva ondeggiare i fianchi a tempo, invitando ogni *mudak* sotto di lei a guardare verso quella sua gonna corta del cazzo.

Cosa che non era un mio problema, ovviamente. Eppure serrai i pugni nelle tasche pensando alle cose brutte che le sarebbero potute accadere. Era venuta da sola, il che era piuttosto strano, cazzo. Le ragazze si muovevano sempre in branco. E ora stava attirando ogni tipo di attenzione maschile.

Oh, merda. Distolsi lo sguardo in seguito a un breve

contatto visivo. Facendo un passo indietro, mi mossi lungo il muro e tirai fuori il telefono, fingendo di mandare messaggi a qualcuno.

«Ciao.» Una voce femminile attirò la mia attenzione nello stesso momento in cui la persona che aveva parlato mi tirò la manica.

Ma davvero?

Ero stato beccato.

Kat si trovava di fronte a me, un sorriso ampio e sfacciato che mostrava la dentatura più dritta e bianca che avessi mai visto. Mi guardò da sotto la frangia scura, e scoprii che i suoi occhi erano di una sorprendente tonalità di blu elettrico. Non aveva ombretto sulle palpebre, ma lo spesso eyeliner nero che si estendeva oltre gli angoli esterni dei suoi occhi accentuava il colore chiaro delle iridi.

Non le risposi perché... cazzo. Non avrei dovuto permettere che mi vedesse, tanto per cominciare. Potevo anche essere un pulitore decente, ma ero un pedinatore tremendo.

Mi teneva ancora la manica, fece scivolare la mano verso il basso per chiudere le dita intorno al mio pugno. «Bei tatuaggi. È russo, giusto?» Si avvicinò le nocche al viso per esaminare le lettere cirilliche che erano l'acronimo della mia cellula bratva. Le sue mani erano piccole, il tocco morbido.

Tirai indietro la mano e la guardai male, cercando di convincerla ad andarsene. Anche se immaginavo che fosse troppo tardi. Mi aveva visto. Non avrebbe dimenticato la mia faccia ormai.

«*Da.*»

Il suo sorriso si aprì. «Sono ucraina. Mi chiamo Kat.» Tese la mano per stringere la mia. Quando non mi mossi, lei afferrò la mia e la agitò.

Bože moj, quella ragazza aveva un istinto terribile. Non

riusciva a capire che ero un problema? Ero letteralmente venuto a rovinarle la vita. Avevo un un'espressione cupa. Non sembravo un bravo ragazzo. Non ero particolarmente socievole neanche prima che suo padre distruggesse mia sorella… ma adesso ero fottutamente letale. Stava toccando i tatuaggi che lo dimostravano.

Il suo scarso giudizio doveva essere il motivo per cui il padre l'aveva segregata in Inghilterra. Restava comunque incredibile che non fosse ancora stata fatta a pezzi.

Mi costrinsi a fingere di essere a mio agio in quel posto. Di essere semplicemente un altro frequentatore di feste. Inarcai un sopracciglio e scrutai il suo vestito. «Sei abbastanza grande per essere qui?»

Fece schioccare la gomma. «Tu che ne pensi?»

«Io penso che dovresti tornare a casa prima che tuo padre scopra che sei scappata dalla finestra quando il giorno dopo hai scuola.» Il suo sorriso si affievolì. Chissà se perché avevo menzionato suo padre o per il seguito. Mi fece il dito medio e alla fine se ne andò; le si alzò la gonna quando si girò, dandomi un assaggio delle caste mutandine di cotone bianco della nonna. Ma che cazzo.

La guardai andarsene mentre cercavo di capire cosa fosse appena successo. Kateryna Poval non era affatto come mi aspettavo. Me l'ero immaginata viziata, certo. Magari protetta e ingenua. Probabilmente ero preparato all'eventualità che fosse fragile e dolce. Un fiore delicato che avrei schiacciato e sporcato per arrivare a suo padre.

Ok, che avrei *finto* di schiacciare e sporcare. Non ero un mostro come Poval. Non profanavo né distruggevo le ragazze per profitto o piacere. Non mi aspettavo una selvaggia ragazzina iper-sessualizzata che correva per Liverpool per andare a mettersi nei guai. Ma forse era così che appariva una principessa del crimine viziata come lei.

Probabilmente mi stava semplificando il lavoro. Non

ero sicuro di aver lo stomaco di spaventare una ragazza innocente. Quella lì non sembrava sapere quando era il momento di avere paura, e certamente non sembrava innocente.

Kateryna Poval era una bomba a orologeria.

E io quello che gliel'avrebbe fatta esplodere addosso.

Kat

Ma che stronzo. Uno stronzo sexy, ma comunque uno stronzo. Perché ero sempre attratta dai cretini?

Ah, già: problemi con la figura paterna. Questo almeno era ciò che la Delaney, la mia psicoterapeuta, sembrava pensare.

Mi aveva detto che avrei continuato a comportarmi male, a ribellarmi e a cercare l'attenzione del tipo sbagliato di uomo fino a quando non sarei stata disposta a impegnarmi per guarire le ferite inflitte da mio padre.

Ma la possibilità che mi impegnassi in qualcosa che riguardava mio padre ci sarebbe stata solo quando l'inferno si fosse ghiacciato.

E poi volevo intenzionalmente comportarmi male, ribellarmi e cercare l'attenzione del tipo sbagliato di uomo. Segretamente desideravo essere controllata e punita. Avevo la sensazione che la terapeuta giudicasse i miei gusti sessuali.

Odiando il modo in cui quel ragazzo mi aveva fatta sentire inadeguata, mi immaginai come un pezzo di argilla sul tornio e individuai il mio centro esatto mentre mi dirigevo verso i bagni sul retro del magazzino. C'era una lunga coda, quindi presi il mio posto nella folla di ragazze.

«Ehi, bella» disse afferrandomi il braccio Shellee, una festaiola, mentre usciva dal bagno. Era già in preda all'ecstasy; le pupille erano grandi quasi quanto le iridi. Era completamente innamorata di me in quel momento, perché era completamente innamorata di tutto in quel momento. «Hai un assorbente?»

«Certo che sì.» Tolsi lo zaino da una spalla per rovistarci dentro e recuperare l'assorbente, che le consegnai. Afferrò quello e la mia mano e mi accarezzò la guancia con la mano libera. «Grazie *mille*» disse con enfasi. «Ti voglio bene. Sono felicissima che tu sia qui. Sei fantastica, lo sai?»

In realtà non eravamo amiche. Solo conoscenti. Onestamente non avevo delle vere amiche. Ero troppo *sopra le righe* per la maggior parte di loro. Troppo popolare tra i ragazzi. Troppo sessuale. Troppo ricca, anche per le ragazze del collegio.

Inoltre, ero diversa.

Non ero inglese. Le attività di mio padre non erano legittime. Avevo capito già dal giorno in cui ero arrivata a Liverpool che non mi sarei mai adattata e che tanto valeva smettere di provarci.

Delaney diceva che era per questo che cercavo intense esperienze sessuali: stavo riempiendo un vuoto creato dalla mancanza di amicizie significative. Io pensavo di essere solo stravagante. Era così sbagliato?

«Anche tu» risposi. «Vieni, mettiti in fila con me, così puoi tornare dentro.» La tirai davanti a me. Si girò e ricominciò ad accarezzarmi, giocherellando con una treccia mentre sorrideva sognante nella mia direzione.

«Ti diverti?»

«*Tantissimo*.» Strizzò gli occhi verso di me. «Vuoi dell'ecstasy?»

«No. Non posso. Domani ho l'esame di storia.»

«Oh mio Dio!» Spalancò gli occhi con esagerata sorpresa. «Perché sei venuta?» Mi tirò la treccia. «Scherzo.» La spinta giocosa mi fece inciampare sulle zeppe. «Sono contenta che tu sia venuta. Sono sempre contenta quando ti vedo. Sei la migliore.»

Non ero nemmeno sicura che conoscesse il mio nome, ma andava bene così. Non mi facevo illusioni sulla sceneggiata. Quello non era un posto in cui si creavano relazioni durature e significative. Ecco perché mi piaceva.

Ero venuta a premiarmi per aver studiato tutto il giorno per l'esame. L'accordo con mio padre che mi consentiva di rimanere in Inghilterra per il college prevedeva che mantenessi la media del sette, l'equivalente britannico delle A. Considerando che avevo preso quattro e alcuni tre al liceo, era piuttosto alta. Ma non c'era nessuna cavolo di possibilità che tornassi a casa. Soprattutto visto che finalmente avevo trovato qualcosa che mi piaceva.

Insomma, oltre ai rave party e al sesso stravagante, che secondo Delaney erano un'estensione dei miei problemi con papà.

Nell'ultimo trimestre del liceo era arrivata una nuova insegnante d'arte, la signora Banff. Aveva fatto comprare un tornio alla scuola e ci aveva insegnato a lavorare la ceramica. Supponevo che fosse un altro modo di fare il dito medio a mio padre – di dimostrargli che ero davvero l'inutile, senza cervello, lo spreco di spazio che apparentemente pensava che io fossi – ma avevo deciso di diventare una ceramista. Me ne ero totalmente innamorata.

Mi piaceva la sensazione dell'argilla tra le mani. La rotazione del tornio. Il modo in cui una ciotola prendeva forma e collassava con il tocco di un dito. Quindi ora avrei fatto qualsiasi cosa per rimanere in Inghilterra e continuare a studiare arte. Desideravo ardentemente il tornio della ceramica tanto quanto desideravo le feste. O un ragazzo grosso e muscoloso che si arrabbiava e non manifestava mai interesse.

Finalmente arrivò il mio turno di usare il bagno, e quando uscii Shellee era già scomparsa. Il che andava bene, dal momento che comunque non ero venuta per vedere lei.

Non ero sicura del motivo per cui ero venuta, in realtà. Era più una dipendenza che altro. Desideravo ardentemente la sensualità del luogo. Mi piaceva vestirmi e sentirmi sexy e magari entrare in contatto con un ragazzo sexy.

Preferibilmente uno a cui piacesse un po' di perversione. Adoravo l'idea di un ragazzo grosso e brutale che mi costringesse e soffocasse. O sculacciasse. O legasse. Ero un po' sadomaso nel profondo, e il rilascio di endorfine e il brivido che ottenevo nel mettere in pratica le mie fantasie era quello di cui avevo bisogno per superare la settimana.

Dovevo essere onesta, però. Quel ragazzo grosso e brutale in realtà non esisteva. O almeno, quando ne trovavo uno, aveva sempre quella componente di pericolo che davvero non avrei dovuto provare. Eppure la provavo, sì.

Uscii dal bagno. Il magazzino ora era pieno di gente. Probabilmente più di quanto un club legittimo consentirebbe per via delle norme antincendio.

Assorbii l'energia come una droga. In cerca di guai, salii di nuovo su una piattaforma. Mi mossi e saltai a tempo di musica, scrutando la folla. Vidi il russo contro un muro che mi guardava. Aveva i capelli scuri, gli occhi castani e quella che sembrava un'espressione cupa permanente.

Perché comportarsi tanto da cazzone se era interessato? Potevo giurare che fosse interessato prima, motivo per cui ero andata da lui. Aveva l'atteggiamento giusto. Era sicuramente il mio tipo. Scontroso. Ruvido. Tatuaggi che probabilmente significavano che aveva fatto cose cattive. Spalle larghe. Difficile dirlo sotto la giacca di pelle, ma sembravano belle muscolose. Ero sicura che sapeva assestare sculacciate tali da farmi bagnare le mutandine. L'avevo inquadrato come un sadico totale.

Forse mi ero sbagliata.

Non che fossi tanto brava a scegliere quelli giusti. Avevo infilato una mezza dozzina di fallimenti solo negli ultimi tre mesi.

Tenni lo sguardo sul mio russo mentre ballavo, ma lui distolse lo sguardo con il broncio. Sapevo che sentiva il mio sguardo. Ero convinta che distogliesse il suo di proposito. Era vero che un uomo sfuggente portava una ragazza a volerci provare ancora? Mi controllai le tette, la quarta che avevo all'età di dodici anni. Erano perfettamente in mostra dalla camicetta. Avevo sicuramente un aspetto sexy. Non aveva motivo di non rispondere. A meno che non fosse venuto per un'altra. Ma allora perché continuava a guardarmi?

Ecco. Mi aveva guardata di nuovo.

Mi girai per mostrargli il culo mentre roteavo lentamente verso il pavimento e mi rialzavo.

«Kat!» Un ragazzo mi chiamò da sotto il cubo.

Oh, fantastico. David, uno dei miei errori del passato. Gli mandai un bacio ma continuai a ballare.

Mi afferrò la caviglia, costringendomi a smettere di ballare per non perdere l'equilibrio.

Sì, era quello il motivo per cui era stato un errore. Avevo confuso il suo atteggiamento irrispettoso per dominio. La verità era che si trattava più che altro di un bullo.

«Vieni qui!» Mi raggiunse.

«No, sono a posto così» dissi. Solo perché siamo stati

insieme una volta non significa che io sia il tuo porto sicuro, bello mio.

Mi sventolò sotto il naso una bustina. «Vuoi sballarti?»

Scossi di nuovo la testa. «No, grazie. Domani ho un test.»

Di certo non avrebbe recuperato punti con me per avermi offerto droga gratis. Non avrei fatto di nuovo la scema con lui nemmeno da non sobria. Era superficiale e pensava solo a sé stesso. *Bleah.*

Lui fece spallucce e proseguì, e io continuai a ballare. Fui raggiunta sulla piattaforma da altri ragazzi che ballavano sempre più vicini fino a quando uno non mi piazzò una mano sulla vita e attaccò i fianchi al mio culo per sfregarsi contro di me. Lo lasciai fare, perché mi faceva sentire bene. Ero venuta per ottenere attenzioni maschili, e eccole lì. Un altro si mosse verso la parte anteriore, quindi mi ritrovai stretta tra di loro.

Il ragazzo che si trovava dietro mi piazzò la mano sul seno sinistro. Non era completamente inesperto. Trovò il capezzolo e lo pizzicò attraverso camicetta e push-up. Spinsi il culo indietro e poggiai la testa contro la sua spalla.

«Mi piace il tuo vestito» gridò il primo sopra la musica. Non era una cosa particolarmente stupida da dire, ma avrei preferito che tenesse la bocca chiusa. Stavo cercando di vivere una fantasia io, e i commenti insensati mi svegliavano.

Il ragazzo che si trovava dietro di me fece scivolare una mano lungo la parte anteriore della mia coscia e mi strinse i muscoli delle gambe.

Non ero mai stata con due ragazzi contemporaneamente, ma a quei rave capitavano le orge.

Tutti provavano amore e non volevano che trasmetterlo. Il problema era che di solito c'erano un sacco di palpeggiamenti ma non si arrivava al dunque. L'ecstasy rendeva le persone troppo beate per avere voglia di arrivare al culmine. Un altro motivo per cui evitavo farmaci e droghe, fatta eccezione per una compressa gommosa di CBD di tanto in tanto, quando non riuscivo a dormire. Ero alla ricerca di una scarica di endorfine diversa.

«Quanti anni hai?» chiese quello di fronte a me.

Probabilmente voleva assicurarsi di non finire in prigione o qualcosa del genere.

«Venti.» Non mi sentivo una ventenne. Mi sentivo una trentenne, perché ero lontana da casa da tantissimo tempo. E anche una tredicenne, l'età che avevo quando mio padre mi aveva mandata via.

Mi aveva beccata a uscire con un ragazzo e aveva deciso che dovevo essere mandata in un collegio di sole ragazze.

Come se quello potesse tenermi fuori dai guai. Aveva solo cementato il mio desiderio di fare la cattiva.

Vuoi fare la cattiva, Kat, o in realtà desideri qualcuno che ti dica che sei buona?

Ecco quello che mi aveva chiesto Delaney l'ultima volta che avevamo discusso dei rave.

«Non mi dispiacerebbe che un ragazzo mi dicesse *brava* quando gli obbedisco» le avevo risposto io.

«Bene.» Il ragazzo annuì con sguardo malizioso. Ballammo per un po', ma le cose non si intensificarono molto. Le persone perdevano la concentrazione con l'ecstasy.

«Faccio una pausa» dissi ai ragazzi dopo un po' perché mi stava venendo caldo, mi annoiavo e avevo sete. Saltarono immediatamente giù dalla piattaforma e mi seguirono al bar improvvisato, dove tre tipi con berretti e orecchini vendevano bevande energetiche e acqua. Comprai dell'acqua, aprii la bottiglia e mi girai per scoprire che i miei due ammiratori erano ancora lì, instancabili.

Bah. Avevo finito con loro, speravo in qualcosa di un po' più interessante.

Feci vagare lo sguardo, di nuovo alla ricerca del russo. Chissà perché ero così ossessionata da lui. Forse perché mi aveva rifiutata. Perché andavo sempre a cercarmi quelli che mi rifiutavano?

Entrambi i ragazzi mi presero per mano, trascinandomi in un angolo buio. Non mi andava, ma non ero nemmeno completamente pronta a rinunciare. Insomma, meglio valutare cos'avevano da offrire.

«Che fate?» David ci tagliò la strada con un sorriso gigante. «Sembra molto divertente.» Ok, avevo finito.

«Sì, non saprei» cercai di scrollarmi di dosso i due ragazzi che mi tenevano per mano.

«Hai bisogno di qualcosa che ti sollevi l'umore» disse David, tirando fuori di nuovo il sacchetto di pillole.

«Posso averne una?» disse il ragazzo alla mia destra.

«No. È per lei.» David estrasse la pillola e, prima ancora che me ne accorgessi, me la aprì tra i denti.

«Ehi!» Cercai di sputarla, ma David rise e mi batté una mano sulla bocca.

«Aspetta, aspetta, aspetta. Basta ingoiarla, Kat. Sarà divertente.»

Mi ribellai, ma gli altri non mi aiutarono; mi affiancarono per tenermi ferma in modo che David mi tenesse la mano sulla bocca. Ora ero incazzata e, dannazione, avevo già ingoiato la stupida pillola! Che cazzoni.

«Ecco, beviti l'acqua, Kat.» David prese la mia bottiglia e me la portò alla bocca. Mi stavo ancora divincolando solo per togliermi di dosso le mani di tutti.

Mentre mi agitavo, sentii un forte rumore di ossa e poi David cadde. Lo guardai, ora disteso sul pavimento di cemento sporco. Ero stata io?

E poi capii. Perché c'erano un metro e ottanta di russo

incazzato di fronte a noi. Mostrò i denti in un ringhio, e gelò con lo sguardo i due accanto a me. «Sparite.» Se ne andarono. Svanirono così velocemente da far quasi pensare che ci fosse un incendio. Aprii la bocca, in procinto di protestare e dire che non avevo nessun bisogno di aiuto, quando il russo mi gettò in spalla e uscì dal magazzino.

CAPITOLO DUE

Adrian

QUELLA RAGAZZA pazza e le sue scelte sbagliate del cazzo.

Cosa dovevo fare? Lasciare che i tre finissero per violentarla proprio lì, nel magazzino? *Bože moj,* c'erano centinaia di persone e nessun altro aveva visto cosa stava succedendo? Ero stato l'unico a intervenire per fermare quella stronzata?

Odiavo seriamente questo mondo. Il mio sesso. Tutti gli esseri umani.

Non sapevo cosa le avessero dato, ma Kat stava già ridacchiando, e non aveva nemmeno sollevato un polverone sul fatto che la portassi fuori in modo così indegno. Onestamente, sarei stato sorpreso se le droghe fossero entrate già in circolo. Ero sicuro che fosse solo la sua reazione naturale. L'avrei anche messa giù, ma ormai ero in ballo. Avrei solo dovuto spostare l'orario e rapirla quella sera stessa.

La nave da carico non sarebbe partita per altri due

giorni, il che significava che avrei dovuto tenerla nel mio cottage in affitto fino a quando non fossimo partiti. Non era l'ideale. Niente affatto.

Maxim, il risolutore della nostra cellula bratva, mi aveva insegnato a valutare le situazioni da tutti i punti di vista possibili. Ovunque potessi essere catturato o lasciare una traccia.

La nave offriva una grande sicurezza. Avevo organizzato il passaggio attraverso la bratva locale. Non avrebbero posto domande sulla ragazza. Ma tenendola prigioniera in città… erano molte le cose che potevano andare storte.

«Va bene, grand'uomo. Sei molto eroico. Ora puoi mettermi giù.»

Mi piaceva il suo accento. Ucraino e inglese. Era molto carino.

La ignorai, cercando di pensare. Come avrei fatto a farla salire su un autobus contro la sua volontà? Perché cazzo non avevo noleggiato un'auto? Ma poi come l'avrei seguita? No, dovevo solo rallentare. Era appena stata drogata, qualsiasi cosa le avessero dato.

Probabilmente non avrei dovuto prenderla contro la sua volontà.

L'idea di ingannarla mi fece capovolgere lo stomaco, ma sembrava l'opzione migliore. Non che fosse peggio che metterle un sacco sulla testa e portarla fuori con la forza.

Mi strizzò il sedere. «Dove stiamo andando, omaccione?»

Omaccione. Molto carino. Non ero tanto imponente. Non come Oleg, il nostro sicario bratva.

La rimisi in piedi e ci fissammo l'un l'altro. Avrei dovuto pensare a qualcosa di tranquillo e gentile da dire, ma l'avevo già fottuta gettandola in spalla. Inoltre, le cose tranquille e gentili non erano nelle mie corde. Dovevo impegnarmi anche solo per far uscire il mio inglese nel modo giusto.

Era carina, dannatamente. Mi ricordava un po' Story, la fidanzata di Oleg. Una bellezza classica sotto una facciata controcorrente.

«Che *cazzo* pensavi di fare?» le chiesi.

No, non ero né tranquillo e né gentile. Non ero affascinante. *Bljad'*. Probabilmente avrei dovuto gettarmela di nuovo in spalla e far tutto il ritorno a piedi.

Ma sembrò piacerle il mio sfogo. Sorrise e si appoggiò a me, posandomi le mani sul petto.

«Scusami, paparino» disse.

Prego?

Il mio cipiglio si accentuò. «Che *cazzo* di problema hai?»

Rise. «Vacci piano, omaccione. Non avevo bisogno del salvataggio, per quanto sia stato galante. So cavarmela da sola con gli uomini.»

Mi attraversò una sensazione di rabbia incandescente. Non nei suoi confronti ma verso tutti gli uomini sulla Terra, perché sapevo con assoluta certezza che non poteva cavarsela.

Alle ragazze come lei accadevano cose brutte. Orribili. Vivevo con le conseguenze di quello che poteva accadere ogni giorno.

«Non ne hai idea!» scattai. «E sai cosa ti hanno dato? Hai mandato giù?»

«Era ecstasy. Va tutto bene. L'ho già presa in passato. Non mi accadrà niente di male, a parte sentirmi una schifezza domani durante l'esame di storia. Sai, tanto vale godersela.» Si allontanò bruscamente. «Non preoccuparti, non devi mica prenderti cura di me. Io torno dentro.»

Le presi il braccio e lei tornò indietro, urtando contro il mio petto. Era quasi trenta centimetri più bassa di me e morbida in tutti i posti giusti. Resistetti all'impulso di metterle le mani sulla vita come un amante.

«No che non ci torni.»

Sorrise, come adorando che stessi diventando prepotente. Fu allora che mi venne in mente. Ero stato lento, ma adesso cominciavo a capire: l'outfit. Il *paparino*. Kateryna era perversa, cazzo. Perversa come il mio fratello bratva Pavel e la sua ragazza-schiava Kayla.

Le piacevano i giochi di ruolo, il cosplay e tutta quella merda. Mi appoggiai a quella nuova consapevolezza e pensai velocemente.

«Tu vai a casa» le dissi imperiosamente.

Sì. Avevo ragione. Lo adorava. Si appoggiò a me. «Mi ci porti tu?» fece le fusa.

«*Da*. Ti ci porto io, cazzo.» Mi sfilai la giacca di pelle e la appoggiai sulle sue spalle sottili. La pazza che usciva senza giacca a gennaio. Anche se capivo, sarebbe stato difficile ballare con una giacca, e non c'era esattamente un guardaroba alla porta.

«Andiamo, prima che ti entri in circolo droga.» Avevo dimenticato di nuovo l'articolo. Nella mia testa, sentii Ravil, il capo della bratva di Chicago, che mi correggeva. *Prima che ti entri in circolo* la *droga*. La tirai avanti, dirigendomi verso la fermata dell'autobus.

Si mise al mio fianco, rubando uno sguardo in tralice e nascondendo un sorriso. «Sei sempre così scontroso quando giochi a fare l'eroe?»

«Non sono l'eroe. Io sono il cattivo, *detka*.»

«Che vuol dire *detka*? Capisco un po' di russo, ma non conosco questa parola.»

«È come... *bambina* o *bimba*.»

«Nel senso dolce o cattivo?»

«Secondo te?»

Mi guardò di nuovo. «Cattivo, probabilmente» brontolò. Stava mettendo il broncio. Era odioso e fastidioso, e il fatto che fosse bella lo rendeva dannatamente carino. Probabilmente funzionava con tutti i ragazzi.

Menomale che non ero uno di loro. Provavo pietà per qualsiasi ragazzo fosse caduto nel suo grande calderone di incasinata follia. Era a un passo dal disastro.

Per come la vedevo io, le facevo un favore a tirarla fuori da quella vita.

Sapevo bene che era solo un tentativo di giustificare ciò che probabilmente non poteva essere giustificato. Kat era innocente come Nadja. Non meritava che la usassi come una pedina, per quanto orribile fosse il padre. Ma non potevo evitarlo. Era l'unica pista che avevo trovato su quel tizio in oltre un anno. Era la mia unica possibilità di pareggiare i conti per Nadja. Non avevo idea dell'orario degli autobus, ma Kat si appoggiò al segnale di fermata come se ne aspettasse uno a breve, quindi incrociai le braccia sul petto per aspettare con lei. «Come facevi a sapere che avevo preso l'autobus?» chiese. Poteva essere spericolata, ma non era stupida.

Annotato.

«Ero sul tuo stesso autobus.»

«Davvero?»

«Da.»

«Qual è il tuo piano?» mi chiese.

Dovevo sentirmi in colpa perché per un momento pensai che sapesse di essere mia prigioniera. Ma no. Intendeva solo per quella sera.

«Ti porto a casa. Ti metto a letto. Fine della storia.»

O qualcosa del genere. Portarla a casa. Legarla al letto. Scoprire cosa cazzo fare dopo.

«Significa che verrai da me?» Si arrotolò una treccia intorno al dito. «Per mettermi a letto?»

«Hai coinquilina? *Una* coinquilina» mi corressi.

«No.» Fece schioccare le labbra dicendolo, attirando la mia attenzione sulla sua bocca. Ora che sapevo che era perversa – ma non era troppo giovane per essere perversa? – me la immaginavo con quelle belle labbra tese intorno al mio…

Gospodi. Dovevo smetterla.

Avrei davvero voluto che fosse stata come me l'ero immaginata. Una ragazza tranquilla, timida e riservata. Una che avrei potuto spaventare un po' senza farle del male per far soffrire suo padre.

Quella lì però… mi aveva spiazzato.

Non mi aspettavo che fosse iper-sessuale.

Provocante. Selvaggia e spericolata. Sarebbe stata più difficile da gestire.

O forse più facile, ancora non sapevo.

Non era affatto un regalo. Voleva che la portassi a casa. Forse anche che me la scopassi. Non era meglio che fosse disponibile?

No! No che non lo era.

Mi strofinai la fronte, incupendomi mentre l'autobus si avvicinava.

Volevo che *non* lo fosse.

Avevo in programma di scattare foto di una ragazza spaventata legata in posizioni compromettenti. Volevo dire a Leon Poval che stavo facendo a sua figlia ogni singola terribile cosa che era stata fatta a Nadja, e che se avesse voluto rivederla viva sarebbe dovuto venire a riprenderla da me. In persona.

Così che potessi ucciderlo.

Non sapevo davvero cosa fare con una come quella. Lasciarle pensare, anche per una notte, che stessi cercando altro rispetto alla vendetta sembrava un crudele tradimento. Per una qualche ragione, era peggio che metterla nel bagagliaio di un'auto e dirle cosa succedeva fin dall'inizio.

Dannazione. Avrei dovuto lasciare che subisse il suo destino, a quella festa.

E invece no. Non avrei mai potuto farlo. Quello che quei *mudak* le stavano facendo era un problema. Stava per essere violentata in un angolo, a quel che avevo visto.

Potevo anche essere disposto a far credere a Leon Poval che stavo violentando sua figlia, ma in realtà non avevo intenzione di stare a guardare e lasciare che le accadesse. Quella era roba completamente diversa.

Salimmo sull'autobus e pagai entrambi i biglietti. Mi sedetti e Kat salì sulle mie ginocchia, facendo sì che gli altri passeggeri dell'autobus ci guardassero. Accidenti a lei. Non avevo bisogno che qualcuno si ricordasse di noi. Le strinsi saldamente i fianchi e la spostai verso il sedile accanto a me.

«Fai la brava» la ammonii, cercando di stare al suo gioco. Si portò un dito alle labbra imbronciate.

«Pensavo di fare già la brava.» Le sue unghie erano corte e senza smalto, per certi versi in contrasto con il resto del suo aspetto, il che era perfetto. Ma poi ebbi la sensazione che quella fosse una maschera, non la sua vera essenza.

Tirai giù il berretto e mi accovacciai sul sedile. «Non sull'autobus» le dissi burbero.

Per una qualche ragione, abboccò. Forse l'ecstasy stava prendendo il sopravvento.

«Ti senti bene?»

«Ah.» Si alzò per accarezzarmi il viso, ma io scattai indietro per impedirglielo. Continuò come se nulla fosse. «C'è qualcuno cui importa...»

Incrociai le braccia sul petto. «Sei sotto la mia super-visione.»

«Per quanto?» Prese l'estremità della treccia e mi ci solleticò l'orecchio. Stavolta non mi allontanai, perché era ovviamente quello che voleva.

«Ti farai sculacciare, bambina» la avvertii.

Serrò le ginocchia e si sedette più dritta, come se avesse appena strizzato le chiappe. Non avevo più dubbi ora. *Amava* il dominio, *cazzo*.

Potevo lavorarci su.

Forse.

Diavolo, non lo sapevo. Ero fuori dal mio territorio, ma non avevo intenzione di fermarmi né di tornare indietro. E non avrei neanche chiesto aiuto a Ravil o alla cellula. Sapevo che me lo avrebbero dato. Consigli, soldi, contatti, tutto ciò di cui avevo bisogno. Probabilmente sarebbero saliti su un aereo per venir qui a prestare pugni e muscoli, se lo avessi voluto.

Ma non volevo coinvolgerli. Quella non era una guerra della bratva. Era roba personale. Poval era mio, e intendevo essere io a stanarlo. Se ci fossero state delle ripercussioni, sarei stato io a subirle.

Da solo.

«Questa è la mia fermata.» Kat mi tirò la manica.

Feci finta di sorprendermi e la seguii. Portò una mano sullo stomaco, poi si girò e vomitò in un cespuglio.

Disgustoso. Ma mi diede la possibilità di controllarle il telefono. Volevo spegnerlo perché non potesse essere rintracciato. Le tolsi la giacca dalle spalle e poi le presi lo zaino, come per aiutarla. Trovai un fazzoletto nella tasca della mia giacca, che le porsi, e poi infilai la mano nella sua borsa per spegnere il telefono.

«Sta prendendo il sopravvento» mi disse allegramente mentre si asciugava la bocca con il tovagliolo, come se il vomito fosse l'anticamera del divertimento.

E probabilmente lo era.

«Vorrei che l'avessi presa anche tu.»

Grugnii in risposta.

Stavo cercando di capire se portarla a casa mia o proseguire fin da lei. Forse non dovevo prenderla quella sera. Forse, se l'avessi portata a casa e me ne fossi andato, sarebbe bastato riprenderla dopo un paio di giorni, quando la nave fosse stata pronta a salpare.

Non mi piaceva l'idea, però. Mi aveva visto in faccia. Dovevo tenere sotto controllo tutto quello che accadeva da adesso in poi. Non potevo permettere che dicesse a suo padre di avermi incontrato né che mi cercasse. Da quel momento in poi, era mia prigioniera.

Confine fluido, però. Da quale momento? Dovevo legarla subito? No, era fatta. Non sarebbe stata in grado di causarmi alcun problema ora, e legarla quando era in questo stato avrebbe potuto rendere molto brutto il suo trip. Lo sapevo, perché avevano tenuto Nadja drogata per la maggior parte del suo tempo, e lo psichiatra aveva detto che la cosa aveva peggiorato il trauma perché la sua realtà era mescolata a uno stato onirico.

Ok, ecco il piano, allora. L'avrei portata a casa mia, mi sarei assicurato che non le succedesse nulla mentre era fatta, poi l'avrei legata al mattino.

«Ehi, casa mia non è lontana da qui.» Cercai di fare il disinvolto.

Sbatté le ciglia. Letteralmente. Flirtando di proposito. «È un invito?»

«Sì.» Inclinai la testa. «Da questa parte.»

La portai al piccolo ma elegante cottage che avevo affittato. Non avevo bisogno di sfarzo, ma aveva tutto ciò che mi serviva: la vicinanza all'appartamento di una Kateryna e un ingresso privato al piano terra, in modo da poter mantenere un profilo basso. Dima, il nostro hacker, lo aveva prenotato per me usando un conto che non poteva essere tracciato. Entrò e si guardò intorno. Era un monolocale, del tipo in cui la cucina è su una parete e la camera da letto è sull'altra, ma tutto di materiali pregiati. Pavimenti in legno e ripiani in granito.

Le infilai un braccio intorno alla vita e la tirai indietro, contro il mio petto.

«Come ti piace essere messa a letto?» Avrebbe dovuto essere una sparata sexy, ma mi uscì più un ringhio burbero.

Strofinò il culo morbido contro la parte anteriore dei miei jeans. Profumava di ciliegie e biscotti caldi di farina d'avena. Impossibile, ma quella era l'impressione. E sotto il profumo, solo piacevole essenza di pelle femminile. Le morsi il collo e lei rabbrividì. Stava ballando di nuovo, il suo corpo lussureggiante si dimenava e ondeggiava al rallentatore come se fosse ancora su quella piattaforma al rave, eccitando ogni ragazzo nei dintorni.

«Mmm» mugugnò dolcemente. Bene. Aveva gli occhi chiusi. Non stava notando che ero lì con una sola valigia. Niente l'avvisava di aver appena messo piede nella rete della trappola che le avevo teso.

Kat

Mo-ren-do.

Stavo seriamente morendo. Finalmente avevo trovato un vero dominatore. La scarica di amore e benessere che si riversò nel mio cervello per via dell'estasi mi fece pensare di aver appena trovato lo Shangri La. Ma seriamente. Mi sentivo come se l'avessi trovato.

Ti farai sculacciare, bambina.

Insomma, quante volte ero dovuta andare in giro con

una divisa da studentessa prima che un ragazzo racco-
gliesse il suggerimento? Sono un bel problema, questi
uomini-ragazzi.

La verità era che nessuno di quelli era un uomo; vede-
vano l'abito sexy e pensavano che fosse per loro. Il
problema del punto di vista maschile. L'avevo imparato
negli studi sulle donne del semestre precedente, corso che
secondo mio padre era una fesseria.

Quindi mi stavo prendendo gioco del punto di vista
maschile. Stavo dando loro quello che volevano vedere
nelle donne.

Un oggetto sessuale da desiderare. Ma mi aspettavo
qualcosa in cambio.

Qualcosa di più di un assaggio di ecstasy e un palpeg-
giamento in pista.

E sembrava che quel ragazzo lo avesse capito davvero.

O forse stavo solo confondendo le cazzate di base del
maschio alfa con la spazzatura fantasy.

No. No.

Era intervenuto per salvarmi. Rimanendo scontroso
sull'argomento, ma lo aveva fatto. Quindi non era solo un
dannato egoista come tutti gli altri.

Inoltre mi aveva chiesto come volevo essere messa a
letto. Poteva essere il segnale più positivo di sempre.

Mi girai e ricordai di avere l'alito da vomito. Mi coprii
la bocca con la mano.

«Ho bisogno di una mentina. O di collutorio. O anche
di uno spazzolino da denti, se sei disposto a condividere il
tuo.»

«Non ti serve l'alito fresco. Tanto ti imbavaglio.»

Mi osservò attentamente come valutando la mia
reazione.

Mi guardai intorno, e all'improvviso mi chiesi se non
avessi preso una decisione sbagliata venendo lì. Il posto era

stupendo, piccolo ma elegante e totalmente immacolato…
non che la cosa dimostrasse che era sano di mente. Soprattutto considerato che non c'erano oggetti personali.

«Scherzo.» Mi tolse la sua giacca calda dalle spalle e la
gettò sul bancone della cucina. «A meno che non lo
voglia tu.»

La sua voce era proprio bassa e burbera. Come un orso
scontroso. Mi piaceva un sacco.

«Puoi usare il mio spazzolino.» Mi prese la mano e mi
condusse nel grande e lussuoso bagno. Il cottage era incan-
tevole, ed ero fatta, quindi sembrava quasi magico.

Mise il dentifricio sullo spazzolino mentre io mi appoggiavo al muro e lo osservavo.

«Vivi qui da molto?»

«*Net.* È un affitto a breve termine. Sono di passaggio.»
Mi porse lo spazzolino.

«Che lavoro fai?»

«Lavoro nel settore delle spedizioni.»

Annuii, non registrando davvero la risposta perché ora
avevo una visione ravvicinata del suo petto. Era ben definito come avevo sospettato. Visto che al momento non
avevo filtri – non che ne avessi molti da lucida – lasciai che
i polpastrelli scivolassero sotto la sua maglietta nera per
sentirne la pelle.

Mi guardò in modo oscuro. Nessun segno di approvazione. «Lavati i denti» mi disse.

La mia figa si aggrappò a quel comando prepotente.
Avrei potuto essere sculacciata! Si metteva bene. Sorrisi e
iniziai a spazzolare.

Rimase appoggiato al ripiano di granito a guardarmi,
anche se la cosa normale da fare sarebbe stato offrirmi un
po' di privacy nel caso in cui avessi dovuto fare pipì o qualcosa del genere. Finii di lavarmi i denti e risciacquai la
bocca.

«Molto meglio. Hai intenzione di lasciarti, toccare ora?»

Alzò le sopracciglia, come trovando la richiesta inaspettata. Gli afferrai la maglietta e cercai di tirarmelo più vicino, ma lui mi afferrò il polso.

«Ti piace essere al comando, Kat?»

Diverse cose mi colpirono contemporaneamente. Una fu la reazione viscerale al suo tocco – il flusso di calore, il desiderio di sentire ancora di più la forza di quel controllo. Poi ci fu il tono severo: mi rendeva le ginocchia molli. E poi, *mi aveva chiamata per nome.*

«Come mi hai chiamata?» Rimase imperturbabile. Mi sembrò che gli ci volesse molto tempo per rispondere, ma il tempo diventa relativo quando si è fatti.

«Come ti chiami? Pensavo che quel *mudak* al rave ti avesse chiamata Kat, no?»

Ah sì. Aveva senso. Annuii.

«Kateryna. Kat. Kit-Kat. Tu come ti chiami?»

Mi fissò come se la cosa fosse importante. «Adrian.»

Sempre tenendomi i polsi, mi spinse all'indietro, fuori dal bagno e fin nella piccola combinazione camera da letto/soggiorno.

«Non hai risposto a nessuna delle mie domande, *detka.*»

«Le ho dimenticate.» Ero senza fiato. Arrapata. Follemente innamorata. Ma era l'ecstasy a parlare.

«Ti ho chiesto se ti piace essere al comando.»

«Io *sono* al comando» gli dissi in modo insolente, liberandomi le mani per mettermele sui fianchi. Era vero: detenevo il potere fino a quando non sceglievo di arrendermi. Ecco cos'avevo detto a Delaney quando aveva messo in discussione i miei gusti in fatto di incontri sessuali.

Aggrottò le sopracciglia. «Avrei dovuto imbavagliarti fin dall'inizio» disse, ma non si mosse per sopraffarmi. Ebbi ancora la sensazione che stesse studiando la mia reazione alle sue parole.

Risi e cercai di far scivolare di nuovo entrambe le mani sulla sua camicia. «Forse dovresti provarci» feci le fusa. Mi girò e mi piazzò una mano sulla bocca, strattonandomi contro il suo corpo. Strillai per l'eccitazione contro la sua mano.

«Così, *detka*? Ti piace lottare un po'? Mmm. Vuoi essere sopraffatta?»

Opposi resistenza.

Mi portò le labbra all'orecchio. «Ho bisogno di una risposta vera.» Il tono era severo. «Sì o no.» Sollevò parte delle dita dalla mia bocca.

«Sì.»

«Sì, vuoi che prenda io il comando?»

«Sì, paparino.»

«Non chiamarmi *paparino*.»

Mi girai per mettermi di nuovo di fronte a lui. «Dovrei chiamarti *signore*?»

«Neanche così. *In ginocchio*.»

Quasi raggiunsi l'orgasmo al comando. Adoravo il suo accento, in qualche modo lo faceva sembrare più scontroso. Le sensazioni in quel momento erano così forti che ero a due passi da un climax di tutto il corpo.

Mi misi in ginocchio e mi occupai velocemente del bottone dei suoi jeans. Mi posò una mano sulla nuca, quasi cullandomi, cosa che mi eccitò ulteriormente. Gli liberai l'erezione e accolsi la sua spessa lunghezza in bocca. Avrei voluto apparire più fine, ma ero in linea di massima un po' devastata in quel momento. Speravo di rimediare con l'entusiasmo. Succhiai la cappella, assaggiando una goccia della sua essenza salata.

«Gnam» dissi scostandomi. Portai la mano libera tra le gambe, perché avevo bisogno di venire di brutto. Gli occhi di Adrian si incupirono e strinse le dita intorno alla mia testa, spingendomi di nuovo davanti al suo cazzo. «Brava.»

Brava! I capezzoli mi si tesero nella camicetta. Parole magiche, per me. Erano il modo in cui avevo sempre voluto essere chiamata, nonostante i miei sforzi per interpretare la cattiva. Mi mossi su e giù sul suo cazzo, dentro e fuori, portandolo ogni volta in fondo alla gola, succhiando forte, facendo roteare la lingua sulla parte inferiore.

Avevo infilato le dita dentro le mutandine per accarezzarmi. Probabilmente mi entusiasmai troppo, perché lui grugnì: «Attenta ai denti.»

«Scusa» ansimai. «Scu…»

Interruppe le mie scuse rimettendomi il cazzo in bocca. La sua presa sulla nuca era ferma senza essere brutale. Un'espressione di potere che non incitava alla resistenza. Mi piaceva molto, davvero molto quel ragazzo.

E non credevo fosse solo ecstasy.

Sembrava la mia metà. La realizzazione di tutte le mie fantasie di essere dominata.

Mi impegnai al massimo nel pompino. Anche se ero davvero eccitata, non riuscii a portarlo al traguardo. Era così che andava con l'ecstasy, però. Eri già così felice, che era difficile arrivare all'esplosione. Non che ne fossi una gran consumatrice. Quella era la mia quarta volta in assoluto, ed ero nel giro delle feste da quando avevo quindici anni.

Mi sedetti sui talloni e persi la concentrazione.

«Tutto bene?» Adrian mi accarezzò la guancia con il pollice.

«Sì. È che ho sete.» E fu allora che capii che era la persona giusta. Poiché mise via l'erezione – per quanto dolorosa dovesse essere, la infilò di nuovo nei pantaloni e chiuse la zip – e andò a prendermi dell'acqua.

Mi tolsi le scarpe e mi sedetti a gambe incrociate sul suo letto, dove mi portò un bicchiere pieno.

«Quanto durerà?» chiese.

«L'ecstasy?» chiesi bevendo. «Un paio d'ore. Perché?»

Si passò le dita tra i capelli scuri. «Me ne sto approfittando. È sbagliato.»

Ah, che dolce. L'orso scontroso aveva il complesso dell'eroe. Lo sapevo. Ma era anche un dominatore. Una combinazione perfetta. Solo che ora avrei dovuto convincerlo a continuare. «Non preoccuparti. Non è come l'alcol» dissi. «È più simile a un'amplificazione delle sensazioni, non abbassa le inibizioni.»

Mi lanciò un'occhiataccia con le sopracciglia tese. Orso eroe scontroso.

Ero innamorata. Di lui. Di quel momento. Di quell'esperienza.

Mi prese il bicchiere vuoto dalla mano e lo mise giù, poi si accovacciò davanti a me allargandomi le ginocchia. «Allora, come vuoi essere messa a letto?»

Oh, dannazione. Era così sexy. Peccaminosamente sexy. Fece scorrere le mani all'esterno delle mie cosce, facendole scivolare sotto la mia gonna. I pollici tracciarono cerchi leggeri all'interno delle cosce, vicino al bordo delle mutandine.

Aprii la bocca per rispondergli, ma non uscirono parole.

Ero una ragazza audace. Mio padre mi chiamava viziata. Non avevo paura praticamente di nulla. Ma quello era imbarazzante. E avrei potuto odiare il risultato. Adrian smise di avanzare quando non parlai, alzando le sopracciglia in quel suo modo autorevole. «Dimmelo, *malyška.*»

La parola era abbastanza simile all'ucraino da farmi intuirne il significato: *bambina.* Non *ragazzina* stavolta. Mi sciolsi un po'. O forse erano le mie mutandine che prendevano fuoco.

«C-con un po' di ... sculacciate?» Dovetti forzare l'ultima parola sulle labbra. Fu davvero imbarazzante, ma lui non rise.

Non ne sembrava nemmeno sorpreso. *«Eri* cattiva.»

Scoppiai in una risata, che mi portò sollievo e piacere. Ma ero anche terrorizzata. Non avevo mai avuto da un ragazzo più di un paio di schiaffi. E se mi avesse fatto troppo male e lo avessi odiato?

Puntò la testa verso il centro del letto. «Su mani e ginocchia.»

Oddio! Oh, Santo cielo! Aspetta... ma lo stavo facendo davvero? Il cuore mi palpitò nel petto. Lo stavo facendo davvero. Strisciai sul comodo letto su mani e ginocchia e mi voltai a guardarlo.

«Faccio piano. Se vuoi che smetta *dimmelo*, ok?»

Nel cuore mi si riversò ancora più amore. Gratitudine. Gioia. Che ragazzo perfetto…

«Va bene.»

Mi sollevò la mia gonna corta e plissettata per appoggiarmela sulla schiena. «Mi piacciono le tue mutandine.»

Girai la testa per guardarmi alle spalle e vedere se mi stava prendendo in giro. «Si abbinano al vestito» dissi, sulla difensiva. Invece di mutandine sexy – pizzo o raso o un minuscolo perizoma – indossavo mutandine bianche e comode. Perché interpretavo una studentessa innocente.

«Oh, ho capito.» Mi sculacciò il culo e io urlai.

Wow. Ahi. Sì, sentire le sensazioni amplificate significava che faceva molto più male. Afferrò la pelle nel punto in cui aveva schiaffeggiato e strinse, quindi rilasciò la carne e la strofinò. «È carino.» Mi schiaffeggiò la parte posteriore della coscia, sotto le mutandine.

Urlai ancora più forte. «Buona, Kateryna, o dovrò imbavagliarti. Non voglio che i vicini sentano.»

«Se mi imbavagli, come fai a sentirmi dire *basta*?»

«Non lo sento. Una buona ragione per obbedire, allora, no?» Mi schiaffeggiò l'altra natica.

«Ahi! Non così forte.»

Agganciò i pollici sotto il bordo delle mutandine e le tirò giù dalle cosce. Mi irrigidii, aspettandomi un altro schiaffo, ma lui mi accarezzò il culo, trascinando leggermente il palmo ruvido sulla mia pelle. Dopo un attimo, mi rilassai. La pelle mi formicolava nei tre punti in cui mi aveva schiaffeggiata, e stava iniziando a scaldarsi e bruciare un po'. Il suo tocco leggero mi rese di nuovo bramosa di un trattamento più brutale.

Mi accarezzò lungo l'interno di una natica, seguendone il profilo fino alla fessura del culo per poi scivolare lungo il centro, tra le mie gambe.

Mi diede qualche leggero schiaffo alla figa. Il calore mi esplose nel nucleo. Improvvisamente ne volevo di più. Assecondai le sue dita, spingendo indietro i fianchi.

Strofinò tra le mie gambe con colpi audaci e decisi. Gemetti forte per manifestare apprezzamento.

«Buona, Kateryna.»

Adoravo che pronunciasse il mio nome completo, come se fossi nei guai. Era davvero sexy. Mi diede un altro schiaffo alla figa. Stavolta emisi un lamento.

Mi allungai verso le gambe per accarezzarmi.

«Se ti tocchi, *malyška*, ti sculaccio.»

«Aspetta…»

Mi schiaffeggiò il culo nudo, ma fu bello. Veloce e fermo senza farmi urlare.

«Mmm…» gemetti, strofinando il polpastrello dell'indice tra i miei succhi. Di solito non mi bagnavo così tanto, ma a quanto pareva prima non mi era mancato che un uomo bollente che mi schiaffeggiasse il culo. Laggiù era tutto tanto bagnato e gonfio che non riconoscevo nemmeno la mia stessa anatomia.

Fedele alla parola data, Adrian ci andò piano. Schiaffeggiava un lato e strofinava. Poi schiaffeggiava l'altro. E di nuovo. Il ritmo perfetto per la mia attenzione, e l'intensità era giusta anche per il mio stato eccessivamente sensibile.

Ma se solo fossi potuta venire… Cambiai mano quando il mio braccio si stancò di sorreggermi. Adrian mi spinse il busto verso il basso in modo che il mio petto fosse sul letto e il mio culo ancora in aria, cosa che mi risultò più facile.

Il cambiamento era necessario, perché stavo iniziando a sballarmi.

Prese velocità con le sculacciate. Avevo tutto il culo caldo ora, quindi non sentivo gli schiaffi troppo intensi.

Era tutto meraviglioso. Mi piaceva un sacco. Ma non riuscivo ancora a farmi venire, nonostante lo volessi.

«Scusami» gracidai dopo pochi minuti. O forse un'ora. Non lo sapevo, il tempo era strano in quel momento. «Non riesco a venire.»

«Forse non verrai» disse Adrian, come se non importasse. «Ti piace?»

«Sì.»

Mi afferrò la caviglia e tirò giù una gamba e poi l'altra fino a quando non fui sulla pancia. Poi mi fece rotolare e mi tolse le mutandine, che erano già abbassate. Pensai che avrebbe fatto sesso con me e mi preparai a chiedere se avesse un preservativo, ma invece mi aprì le gambe e mi spinse le ginocchia verso l'alto, sistemandosi tra di loro.

«Ah!» Gli strinsi la testa quando mi leccò dentro, tirandogli i capelli per la gloria di quel momento.

Alzò la faccia. *Buona.*

«Scusa, scusa!» sussurrai ansimando. «Non fermarti. Ti prego, non fermarti.»

«Non devi venire» mi disse, tracciando con la lingua l'area intorno all'interno delle mie labbra.

«Verrò» lo minacciai; l'interno coscia cominciò a tremare e rabbrividire. Assecondai la sua bocca con i fianchi, alla disperata ricerca di qualcosa di più.

Mi penetrò con la lingua, ma non bastò. Gli spinsi la bocca contro di me, cercando ancora di più. Trovò il punto che mi fece impazzire: era il clitoride?

Che imbarazzo, neanche lo sapevo. Tutto quello che sapevo era che mi stava facendo impazzire. Adrian avvitò un dito dentro di me, poi un altro. Li pompò dentro e fuori mentre continuava a leccare e succhiare quello che doveva essere il mio clitoride.

Non mi resi conto di gridare fino a quando Adrian non alzò la testa e ringhiò: «Copriti la bocca, Kateryna.»

Mi piazzai una mano sulla bocca mentre un calore febbrile mi faceva arrossire.

E poi venni.

Fu epocale. Monumentale. Da capogiro.

Di gran lunga l'orgasmo migliore che avessi mai avuto. I miei muscoli interni si strinsero sulle sue dita e impulsi di energia mi esplosero lungo l'interno delle cosce, dritti alle piante dei miei piedi dove le dita si arricciavano. Il mio bacino saltò e tremò e oscillò sul letto. Adrian non smise per un attimo di sbattere la lingua sul mio nocciolo più sensibile mentre pompava le dita dentro e fuori.

Emisi un lungo gemito gutturale mentre venivo, la pancia mi tremava, le ginocchia sbattevano contro le spalle di Adrian.

«Basta» piagnucolai, perché all'improvviso era troppo. Terribilmente intenso. Mi sentivo come se stessi volando ma anche come se avessi bisogno di piangere.

Oh, aspetta un attimo… ma io stavo piangendo.

Si fermò immediatamente, facendo scivolare le dita fuori e accarezzandomi la coscia con una delle sue grandi mani.

«*Bljad'.* Cos'è successo? Stai bene?»

«Sto bene» sussultai, rotolando su un fianco per nascondere il viso tra le mani. Che imbarazzo!

Mi strinse la spalla. La sua mano era calda e confortante. Mi piaceva troppo.

«È stato bello. È stato davvero bello» lo rassicurai.

«È stata l'ecstasy?»

«Sì.» Annuii e tirai su col naso. Era tutto reale. L'esperienza era reale, le emozioni erano reali. Erano solo intensificate. Amplificate.

Si allontanò, il che fu sia confortante che deludente.

Sentii il clic di qualcosa, ma non guardai, ero troppo persa nel mio mondo.

Mi portò un altro bicchiere d'acqua e mi mise sotto le coperte.

«Dormi ora, *detka.*»

Non avevo sonno, ma mi sentivo completamente esausta, quindi seguii il consiglio e chiusi gli occhi.

Ero totalmente felice. Rilassata.

Lasciai filtrare il sonno, senza mai intuire che al mattino mi sarei svegliata legata al letto con un bavaglio in bocca.

Che in piedi accanto a me ci sarebbe stato un ragazzo, che la sera prima avevo creduto un principe, a fotografarmi in una posizione compromettente con il telefono.

CAPITOLO TRE

Adrian

ASPETTAI che Kat fosse profondamente addormentata, poi presi la sua borsa e la perquisii. Aveva un flacone di caramelle gommose al CBD. Poteva tornarmi utile. Soprattutto per portarla sulla nave, problema cui non avevo ancora pensato.

Presi il telefono dalla sua borsa e lo portai in cucina con il portatile che Dima mi aveva dato. Gli scrissi affinché mi assistesse. Mi chiamò immediatamente. Risposi sottovoce, ma Kat non si mosse nemmeno.

«Ho la ragazza» dissi a Dima in russo. Era l'unico che avevo messo al corrente dei miei piani, e lo avevo fatto perché avevo bisogno di lui. Non volevo coinvolgere il resto della mia cellula. Questa non era la loro battaglia.

«Pensavo che non l'avresti presa fino a domani.»

«I piani sono cambiati» dissi semplicemente. «Ho spento il suo telefono per evitare il tracciamento. Cosa devo fare ora?»

Dima mi guidò attraverso la disconnessione del localizzatore di posizione, quindi passammo al telefono per cercare eventuali tracker aggiuntivi. Non ne trovai nessuno, il che sembrò superficiale da parte di Poval.

«Va bene, ora collega il telefono al laptop, così posso accedere a tutti i dati.»

Feci come mi disse Dima.

«Accendilo e recupero tutto.»

Avviai il backup del telefono e guardai lo schermo scorrere attraverso una serie di comandi di download ed elenchi di file che scorrevano rapidamente. Mentre lavorava, scorsi i suoi contatti.

«Ha *papà* tra i contatti» dissi a Dima.

«Molto bene. Fammi vedere.»

Sentii il rumore dei tasti mentre accedeva alle informazioni. «Cercherò di rintracciare una posizione. Potrebbe volerci un po' di tempo.»

Il caricamento sul sistema di Dima terminò.

«E adesso?» chiesi.

«Ora distruggi il telefono.»

«E come faccio a scrivergli che ho sua figlia?»

«Posso inviare messaggi usando il suo numero, che verrà instradato da server casuali sparpagliati in tutto il mondo. Sei pronto a scrivergli subito?»

Considerai l'idea. Le avevo scattato una foto mentre nascondeva il viso e piangeva dopo l'orgasmo. Mostrava il culo nudo e arrossato, e fuori contesto sembrava proprio una situazione non consensuale. Come se stesse soffrendo, non cavalcando il picco dell'orgasmo. Guardai la sua figura addormentata sul letto. Avrei potuto facilmente scattarle subito altre foto apparentemente compromettenti da inviare. Ma nel momento in cui le avessi mandate, sarebbe iniziata la caccia a Kat, e non potevo salire sulla nave da carico per altre trenta ore. Sarebbe stato più difficile tenerla nascosta lì, così vicino a casa sua. «Non ancora» gli dissi. «Posso inviare a te il messaggio quando sono pronto?»

«Si può fare. Ascolta, Adrian...»

«Da?»

«Ravil vuole che tu faccia rapporto. Ha detto che non stai rispondendo ai suoi messaggi.»

Digrignai i denti. Disobbedire al mio *pachan* era sbagliato, soprattutto dopo tutto ciò che Ravil aveva fatto per me. Cercai di spiegarmi. «Non voglio coinvolgere la cellula. È una cosa personale. Ho chiesto il tuo aiuto perché, beh...»

«Sì, lo so. Non puoi occuparti di questa parte da solo. Penso che il punto sia che non puoi occuparti di nulla di tutto questo da solo. Anche Ravil ti guarderà le spalle. Lo sai, vero?»

«Non posso coinvolgerlo» dissi ferocemente. «Non è giusto.»

«Beh, devi dirglielo tu. Non gli piace essere messo da parte.»

«Sì, glielo dirò.» Bugia. Non avevo intenzione di contattare Ravil. Meno sapeva, meglio era.

«Grazie, Dima.»

«Figurati. Sei un fratello, Adrian. Di qualunque cosa tu abbia bisogno, io ci sono.»

Ingoiai il nodo alla gola. La bratva non aveva preso la mia anima, come succedeva alla maggior parte degli uomini. Mi aveva restituito all'umanità.

La ricerca di Nadja mi aveva trasformato in un animale.

Avevo usato i miei soldi per arrivare in America, dove avevo solo un leggero vantaggio su Poval. Conoscevo Majkl dalla mia città natale – era amico di un amico – e mi ero messo contatto con lui.

Ravil mi aveva accolto immediatamente nell'ovile. Mi aveva dato un posto dove stare e mi aveva messo al lavoro. Mi aveva reso un fratello. Maxim, il risolutore della bratva, mi aveva addestrato come pulitore. Quello che cancellava dalla scena ogni traccia di violenza, tutti gli indizi del crimine.

No, il lavoro non era legale, ma non mi importava allora e non mi interessava ora. Non avevo intenzione di operare entro i limiti della legge... di qualsiasi tipo di legge.

Ravil mi aveva aiutato a trovare Poval e alla fine Nadja. Quando ero stato arrestato dopo aver bruciato la fabbrica, aveva pagato il miglior avvocato difensore di Chicago per difendermi. Gli dovevo tutto. Avevo promesso la mia vita alla bratva, e non avevo rimpianti.

«Grazie» gli dissi, e riattaccai.

Recuperai le fascette dalla mia valigia, ma non riuscii ancora a svegliare Kat per mettergliele. Invece, mi sdraiai accanto a lei per qualche ora di sonno prima che tra noi nascesse un rancore totalizzante.

Adrian

AL MATTINO, legai insieme i polsi di Kat e poi li attaccai a una catena di fascette attorno alla testiera. Usando una striscia di tessuto tagliata da una delle mie magliette, le assicurai un bavaglio intorno alla testa per coprirle la bocca.

Kat dormì per tutto il tempo.

Presi il telefono e scattai altre foto. Leon Poval sarebbe andato fuori di testa, al vederle. Kat probabilmente sarebbe uscita di testa una volta sveglia, cosa che non potevo evitare. Sapevo fin dall'inizio che sarebbe stato difficile, ma era peggio di quanto avessi immaginato. Non avevo mai pensato di fare sesso con lei. Solo di organizzare le foto in modo che sembrasse vittima di abusi.

Non che l'avessi scopata. Non ero nemmeno venuto. Continuavo a ripetermelo per sentirmi meglio.

La verità era che ero dannatamente stufo di tutta quella merda.

Ma sapevo che non sarebbe stato facile. Avevo giurato di fare del mio meglio per tenerla a suo agio e illesa.

Si svegliò e urlò. Scattai un'altra foto, perché il suo terrore era troppo genuino per non farlo vedere al suo caro padre. Poi infilai il telefono in tasca e mi avvicinai a lei.

«Zitta, *detka*. Fai la brava ragazza e non ti farai male.»

Questo la fece solo incazzare. Chiamarla *brava* poteva aver funzionato la sera, ma sicuramente ora non le interessava. Scalciò e si contorse sul letto, facendo salire ancora di più la corta gonna fino alla vita. Era ancora senza mutandine, e dovetti costringermi a non guardare quella bella figa che mi aveva fatto assaggiare. Sfoggiava una rasatura pulita sul monte di venere, il resto era nudo.

Maledizione.

Ma perché avevo dovuto assaggiarla? Perché avevo mescolato l'utile al dilettevole? Era stato un errore monumentale, perché ora avevo un'enorme voglia di migliorarle la situazione, ma ovviamente non potevo.

Gridò qualcosa da dietro il bavaglio. La paura stava prendendo il sopravvento e il panico sembrava superare la rabbia.

«Senti.» Mi sedetti sul letto accanto a lei e le bloccai la gola con la mano. Si ribellò, gli occhi spalancati dal terrore. «Ascoltami, *detka*.»

Smise di muoversi e andò in iperventilazione contro il bavaglio, mostrando il bianco degli occhi.

«Io ti tolgo il bavaglio e tu stai zitta Non costringermi a stringere.» Le feci scorrere le dita intorno al collo, così che capisse cosa intendevo. Continuò a respirare affannosamente e in modo frenetico. «Ok? Hai intenzione di tacere?»

Annuì con la testa, a scatti. Presi il telecomando vicino al letto e accesi il grande televisore a schermo piatto montato sulla parete opposta, alzando il volume nel caso in cui avesse urlato di nuovo.

Nel momento in cui le tolsi il bavaglio, sputacchiò: «Pervertito! Bastardo malato. Mi hai scattato una foto così? Cosa cazzo…» Le piazzai la mano sulla bocca per zittirla.

«Non sono un pervertito. Sono solo affari.» Le parlai come se si trattasse di lavoro. Senza emozioni, come avrebbero fatto Maxim o Ravil.

Provai a togliere di nuovo la mano. «Ma quali affari? Pornografia? Prostituzione?» Poi il terrore sostituì di nuovo la rabbia. «Cos'hai intenzione di fare con me?»

«Niente. Io non stupro le donne.»

«No: le leghi e fai foto sporche per altri pervertiti come te?»

Maledizione.

Avrei dovuto rimetterle il bavaglio. Andarmene.

Meglio ancora, avrei dovuto tenerla drogata fino a quando non fossimo saliti sulla nave. Ecco cos'avevano fatto a Nadja. Ma io non sapevo affatto come drogare le donne.

E se avessi combinato un casino? Aveva ancora l'MDMA nel sistema dalla sera prima. Non sapevo se potevano verificarsi interazioni con altri farmaci.

Ma non la imbavagliai né me ne andai. Ero un idiota.

Invece, presi il bicchiere d'acqua accanto al letto e glielo portai alle labbra. Doveva essere disidratata.

Bevve un sorso, poi mi sputò l'acqua in faccia.

«Ok, sei finita.» Le riavvolsi il bavaglio intorno alla testa. Quando mi sporsi in avanti per legarlo, lei mi sbatté la testa contro al naso. Mi rialzai dolorante, con il sangue che sgorgava sulla camicia.

«Aiuto! Aiu…»

Le buttai una mano sulla bocca per fermare le sue urla. Con l'altra le afferrai la gola. «Stai zitta» ringhiai.

Si ribellò.

Strinsi le dita intorno al suo collo. Non le stavo togliendo l'ossigeno, ma le mostravo che avrei potuto. Dopo alcuni tentativi di liberarsi dalla mia presa, si arrese, singhiozzando contro la mia mano. «Non emettere un cazzo di verso» la avvertii. Stavo sanguinando addosso a entrambi.

Continuò a piangere.

Ok. Ok. Le lacrime me le aspettavo. In risposta, indurii la mia espressione. «Urla di nuovo e non ti faccio respirare. Capito?»

Annuì contro la mia mano. Le liberai la bocca e usai l'orlo della maglietta per fermare il flusso di sangue dal naso, mentre l'altra mano rimaneva ingabbiata intorno alla sua gola.

Stava ancora piangendo.

Non in modo silenzioso, ma singhiozzando fuori controllo. Sembrava che fosse in iperventilazione più che in preda a uno sfogo.

Avevo molta esperienza in fatto di lacrime femminili. Mia sorella inzuppava il cuscino quasi ogni notte.

«Va tutto bene. Ascoltami, Kateryna. Se fai come ti viene detto, ne uscirai illesa.»

Si concentrò sul mio viso, facendo respiri profondi e deglutendo. «U-uscire da cosa?»

Bljad'. Dovevo tenere la bocca chiusa e basta. Meno le dicevo, meglio era.

«C-cos'hai intenzione di fare con me?»

Portai i lati dei pollici al naso per sentire se fosse storto, ma sembrava a posto.

«Mi sento male» si lamentò.

Poteva essere un trucco, ma le credetti. La sera prima aveva vomitato tra i cespugli, e da allora non mangiava nulla. Inoltre, era completamente sopraffatta.

Imprecai e tagliai la fascetta di plastica che le fermava i polsi alla testiera con il taglierino. Si vomitò addosso prima che riuscissi ad alzarla.

Cazzo.

«Va bene» dissi, tirandola giù dal letto e in piedi. I polsi erano ancora legati insieme da un'altra fascetta, ma considerato quello che aveva già fatto con la testa e la voce, mi preparai a qualsiasi cosa potesse pensare di tentare.

Era docile ora, però. Più arrabbiata per essersi vomitata addosso che per la sua situazione.

«Diamoti una ripulita, dai.»

Me la sarei messa in spalla, ma avevo paura che mi vomitasse sulla schiena. La portai quindi in bagno, tenendole i polsi con una mano e guidandola con l'altra.

In bagno, filò dritta al gabinetto, sedendoci sopra cadendo e facendo pipì mentre gemeva dolcemente. Presi un po' di carta igienica e la spinsi su per la narice per fermare l'emorragia, poi bagnai un panno e aspettai che finisse.

Usò le mani legate per prendere della carta igienica.

«Questo ti eccita?» chiese mentre tentava di asciugarsi usando entrambe le mani. La gonna finì in mezzo, quindi gliela sollevai.

«*Net.*»

Tirai lo sciacquone per lei e la sollevai in piedi, così da poterla pulire.

«Lasciami andare. Per favore.»

«Ti lascerò andare quando avrò finito il mio lavoro.»

«Quale lavoro? A cosa serviva la foto?»

Le pulii la camicetta bianca con l'asciugamano, rendendola trasparente. Si era sporcata il décolleté, e le passai l'asciugamano tra i seni. Erano pieni e morbidi. Il coglione che era in me si pentì di non averli visti, la sera prima. Prima che diventassimo nemici.

Mi afferrò il polso e alzò il ginocchio, cercando di colpirmi le palle. La schivai e la strattonai per la gola, spingendola contro il muro. «*Guai a te*» l'avvertii.

Cercò di nuovo di darmi una ginocchiata, e dovetti davvero stringere la presa. Soffocò e ansimò, gli occhi si gonfiarono. La tenni per un altro momento per instillarle davvero la paura dentro, poi mi rilassai. «Piantala o le prossime due settimane le passi legata a un letto.»

Mi studiò, gli occhi blu fiordaliso si muovevano avanti e indietro sui miei.

«Perché due settimane? Cosa sta succedendo?»

Le lasciai la gola e la scostai dal muro. «Torna a letto. Sei una rompipalle.»

«E tu un vero cazzone» rispose.

Non aveva torto. La riportai a letto e riattaccai la fascetta che le tirava i polsi sopra la testa e li collegava alla testiera.

Afferrai entrambe le caviglie e le attaccai ai piedi del letto spalancate. Poi, poiché la vista mi rigirò lo stomaco, scattai un'altra foto.

Se faceva star male me, avrebbe sicuramente distrutto suo padre.

~

Kat

«*Bastardo!*» Adrian – se era davvero il suo nome – mise in tasca il telefono.

«Hai intenzione di tenere la bocca chiusa o devo rimetterti il bavaglio?»

Cercai di scalciare, ma riuscii solo a scavarmi la pelle delle caviglie con le fascette.

Avevo paura – ero più spaventata di quanto non fossi mai stata in vita mia – ma ero anche incazzata.

Quello lì era uno psicopatico. Mi aveva attirata a casa sua e poi mi aveva intrappolata.

No, non calzava. Mi aveva attirata a casa sua e mi aveva intrappolata, ma c'era qualcosa di razionale, dinon psicopatico in lui. Aveva definito la situazione lavoro, ma che razza di persona non psicopatica rapisce le donne e le lega ai letti per lavoro?

«Vaffanculo. Testa di cazzo.» Sì. Sfoggiavo una gran maturità, al momento.

Sembrò prendere il fatto che non avessi urlato di nuovo come prova della mia collaborazione, perché se ne andò in cucina. Lo guardai preparare quattro uova strapazzate e imburrare quattro fette di pane tostato.

«Oggi ho l'esame di storia» ricordai. Avevo anche prenotato uno studio per lavorare la ceramica.

«Lo salterai.» Ammucchiò tutto il cibo su un piatto e tornò al letto, restando in piedi accanto a me.

«Si accorgeranno della mia assenza» dissi, anche se non ne ero sicura. Non avevo buoni amici. Quelli della scuola erano stati amici di circostanza. Ora erano all'università. Nessuno era rimasto a Liverpool. Non c'era nessuno nei miei corsi che avrebbe sentito la mia mancanza. La docente di arte non avrebbe pensato nulla della mia assenza alla lezione con il tornio. Ero un tipo inaffidabile.

La colazione aveva un buon profumo, nonostante avessi lo stomaco sottosopra.

«Se prometti di comportarti bene, ti libero le caviglie.»

«Mi comporterò bene» mentii.

Probabilmente avrei dovuto provare a urlare di nuovo per chiedere aiuto mentre era in cucina. Non ero sicura di cosa mi avesse fermata, se fosse stata la minaccia di soffocarmi o il fatto che non ci credevo abbastanza. Cioè, ci credevo. In bagno mi aveva fermato il respiro per alcuni terrificanti secondi. Mi faceva ancora male il collo nel punto in cui mi aveva stretta.

Era sicuramente capace di uccidere. Ma la sua violenza sembrava misurata. Non mi aveva picchiata quando l'avevo colpito alla testa. Né si era vendicato molto, in bagno.

Mise il piatto con uova e pane tostato sul comodino e tagliò una delle fascette con un coltellino, poi raccolse le mie mutandine.

«Dammi un calcio e ti frusto il culo con la cintura» mi avvertì.

Mi fece venire voglia di prenderlo a calci. Di brutto. Soprattutto perché mi faceva sentire strana dentro. Per dire, in circostanze diverse avrei potuto desiderare che concretizzasse una minaccia del genere. Se fosse stata una mia scelta. Non se ero legata contro la mia volontà.

Ma la colazione aveva un buon profumino e non volevo che mi facesse del male, quindi rimasi ferma e lo guardai farmi scivolare il piede libero nel buco delle mutandine prima che mi liberasse l'altra caviglia e facesse passare anche l'altro piede.

Non era sexy. Insomma, non avrebbe dovuto esserlo.

Ma mi sentivo tutta scombussolata e strana mentre mi trascinava le mutandine su per le cosce. Desideravo che fosse il ragazzo che avevo creduto che fosse la sera precedente.

Ero completamente fuori di testa per l'ecstasy? O era davvero fantastico? Quello che sapevo, era che al momento avevo la sensazione di aver vinto alla lotteria.

Avendo bisogno di riconquistare in qualche modo quella dinamica, dovevo trascinare la situazione fuori dal regno del terrore e verso qualcos'altro, quindi spinsi sui piedi per sollevare i fianchi in modo che lui mi tirasse le mutandine sul culo, e quando fu sopra di me roteai i fianchi.

Funzionò. Si fermò per un breve secondo, e le sopracciglia gli calarono mentre finì di tirarmi su le mutandine. Mi spinse i fianchi verso il basso. «Sei pazza.» Quella mattina il suo accento era fortissimo.

«Buffo. Pensavo che fossi tu lo psicopatico della situazione.»

«No. Non sono psicopatico.» Si sedette accanto a me sul letto e prese il piatto. Raccolse una forchettata di uova e io aprii la bocca. «Non sei quello che mi aspettavo.»

Chiusi la bocca e girai la testa di lato per rifiutare il boccone. «Aspetta... cosa?» Mangiò lui le uova.

«Non è avvelenato. Se collabori, non ti faccio mica del male.» Catturò la mia attenzione e sostenne il mio sguardo come se volesse davvero che gli credessi.

«È una questione... personale?» chiesi con voce tremante. «Mi conosci?»

«Conosco tuo padre.» Mi diede un altro boccone.

Volevo mangiare, ma le informazioni erano più importanti. Di nuovo, mi allontanai.

«Aspetta un attimo... lavori per *mio padre*?»

Ora fu lui a sbalordirsi. Mi fissò con la bocca aperta.

«Lavorare per lui? Pensi che uno degli uomini di tuo padre farebbe questo alla figlia del capo…» Si interruppe e scosse la testa. «Sì, probabilmente lo farebbero. Sono la peggiore feccia della Terra.»

Il mio cuore accelerò di fronte a quella nuova consapevolezza.

«Mi stai tenendo in ostaggio.» Ci stavo arrivando.

«Da.»

«Ti ucciderà.» Lo dissi non come una minaccia, ma con totale sincerità. Mio padre era un uomo d'affari spietato. Pensava che io non sapessi che era un signore del crimine, ma non ero mica stupida. Sapevo che tutti quelli che lo circondavano vivevano nella paura.

Per molto tempo avevo creduto che mia madre mi avesse abbandonata per salvarsi la vita. O forse è solo quello che una bambina di sei anni dice a sé stessa quando la madre un bel giorno scompare. Una storia che si conclude con un lieto fine in un secondo momento. Con mia madre che torna da me quando può. Per reclamare l'amata figlia.

Ma naturalmente non era mai venuta.

Forse era morta.

Forse l'aveva uccisa lui.

«Mi vorrà morto» concordò Adrian, come contento di saperlo.

Un brivido mi attraversò la pelle. «Vuoi chiedere un riscatto?»

Adrian esitò. «Sì.»

Altre spine fredde mi colpirono la spina dorsale. C'era qualcosa di più, sotto sotto. «Quant'è il riscatto?» Le parole mi uscirono come un sussurro.

Mi fissò come insicuro della sua scelta. «Cinque milioni.»

«Cinque milioni?» La voce mi suonò stridula. «Tutto

qui? Sai che ne ha almeno cento, giusto?» Io lo sapevo perché l'avevo sentito vantarsi con una donna, una volta.

«Deve portare i soldi da solo.»

Ci fu qualcosa di terribilmente sinistro nel modo in cui pronunciò quelle parole, e improvvisamente mi resi conto di cosa si trattava: una trappola.

E l'esca ero io.

Guardai il piatto e sollevai il mento verso di lui. Colse il suggerimento e mi diede un boccone. Improvvisamente stavo morendo di fame. Masticai velocemente, deglutii e indicai di nuovo il piatto con gli occhi. Mi diede da mangiare un boccone dopo l'altro fino a quando non finii metà delle uova e due pezzi di pane tostato. Guardai un terzo pezzo. «È per te?»

«Puoi averlo. Non vomiti di nuovo, vero?»

«No. Sto meglio.» Mangiai metà del terzo pezzo di pane tostato e poi smisi, girando la faccia altrove. Lui ripulì il piatto.

Avevo avuto il tempo di digerire le informazioni mangiando. «Sei delle forze dell'ordine?»

Mi derise.

«Non credevo, infatti. Quindi... si tratta di una cosa personale?»

Fece un solo cenno. «È personale.»

«Ha ucciso qualcuno che ami.»

«*Net.*»

«No?» Ne fui sorpresa. Ero sicura che fosse così. Perché altrimenti vendicarsi a livello personale di qualcuno?

«No.»

«Cos'ha fatto?»

«Non vuoi saperlo.» Adrian si alzò. Il mio corpo reagì alla sua perdita con il panico.

«Aspetta. Torna indietro.»

Si fermò e si girò, ma senza risedersi. «Che c'è?»

«Vuoi fargli del male? Io ci sto.»

Si bloccò, il viso una maschera imperscrutabile. «Va bene» disse dopo un attimo, ma avevo la sensazione che non mi credesse. Ovvio. Avrebbe potuto tranquillamente essere uno stratagemma. Insomma, forse era davvero uno stratagemma. Volevo solo liberarmi di quelle orribili fascette. Fare una doccia calda e cambiarmi i vestiti. Ma non ero una fedelissima di mio padre. Lo odiavo in quel modo tipico di un'adolescente arrabbiata e non amata. Quello in cui una parte di me voleva ancora disperatamente il suo amore e la sua approvazione, e il resto di me lo odiava perché sapevo che non li avrei ottenuti mai. Guardai la forte schiena muscolosa di Adrian quando si allontanò per portare il piatto vuoto in cucina. Lo lavò e lo mise sullo scolapiatti.

«Adrian è il tuo vero nome?» gridai alle sue spalle.

«*Da*. Adrian Turgenev» mi disse, come se fosse importante. Implicava anche che non aveva paura che qualcuno scoprisse la sua identità, tipo mio padre. O le autorità.

Quindi o pensava che non avrebbe avuto importanza, o non gli importava.

Forse perché non aveva intenzione di lasciarmi vivere.

«Hai intenzione di uccidermi?» dissi d'impulso.

«No.» Stava facendo di nuovo l'orso scontroso. «Te l'ho detto. Non...»

«...non mi farai male se faccio quello che mi viene detto.»

«Esatto.» Annuì.

Stavolta gli credetti.

Stavo mettendo a fuoco le cose. Alcune delle mie peggiori paure erano state placate.

Non era uno psicopatico che aveva intenzione di torturarmi e tenermi in una gabbia come sua schiava personale.

Dio! Ma perché quel pensiero mi eccitava? Forse

Delaney aveva ragione. C'era qualcosa di malato in me da curare. Non mi avrebbe venduta a un'asta di schiavi. Non aveva intenzione di uccidermi per vendicarsi di mio padre. Il telefono di Adrian squillò e lo prese dalla tasca.

«Nadja.» Mi voltò le spalle, parlando in russo. La sua voce era morbida. Persuasiva.

Raggelai. Per una qualche ragione, quello spiacevole shock competeva con quello dovuto al risveglio con un bavaglio in bocca.

Adrian aveva una donna.

CAPITOLO QUATTRO

Adrian

«Come stai?» chiesi alla mia sorellina nella nostra lingua madre. Cercavo di sentirla ogni uno o due giorni. Da che me n'ero andato, lottavo contro al senso di colpa per averla lasciata lì da sola. Aveva fatto molta strada quell'anno, da quando era stata liberata, ma aveva ancora debilitanti attacchi di paranoia e depressione causati da un disturbo post-traumatico da stress.

Soffriva di agorafobia, la paura di uscire di casa. Stava facendo terapia, ma avevo ancora tanta paura che ci ricadesse.

«Sto bene.» Fece una risata intontita. «Mi sono appena svegliata. Sono le sei del mattino qui. Mi hai scritto tu di chiamarti appena sveglia.»

«Vero, mi dispiace. Sei uscita di casa dall'ultima volta che ci siamo sentiti?»

«No, ma esco stasera.»

Vero. Era giovedì, il che significava che la band di

Story avrebbe suonato. Nadja non era del tutto sola in America. Vivevamo al Cremlino. Non il vero Cremlino, ma il grattacielo di Chicago in riva al lago di proprietà di Ravil, il mio *pachan* bratva. I vicini chiamavano l'edificio il Cremlino perché ci vivevano solo russi. Con l'eccezione della moglie avvocato di Ravil, quella che aveva fatto decadere le accuse di incendio doloso dopo che avevo bruciato la fabbrica di divani di Poval, che in realtà era la culla del traffico sessuale. Anche la fidanzata americana di Oleg, Story, viveva lì.

Strinsi i denti. Avrei dovuto entusiasmarmi ogni volta che Nadja era disposta a lasciare l'appartamento. Mi ci erano voluti mesi e mesi solo per farla uscire dall'edificio. Ma temevo che si fosse fissata un bel po' sul fratello minore di Story, Flynn, che suonava nella band.

E Flynn era un fottuto playboy.

Era l'ultimo ragazzo della Terra su cui mia sorella aveva bisogno di buttarsi. Anche se forse sarebbe stata una grazia salvifica.

Flynn era troppo occupato con tutte le fan che gli lanciavano le mutandine sul palco per prestare attenzione alla mia sorella socialmente fobica e decisamente spezzata.

«Sasha ci va?» Non volevo che andasse se non c'era un'altra donna.

«Sì. Sasha e Maxim, Oleg e Majkl.»

«Bene. Se hai bisogno di tornare prima, dillo a Majkl e ti riporta indietro lui.»

Majkl mi aveva promesso che si sarebbe preso cura di Nadja mentre io non c'ero.

Era il fratello bratva che conoscevo dalla Russia. Era nuovo nella nostra cellula, come me. Onorevole. Mi fidavo di lui, quando si trattava di lei. Inoltre, gli avevo detto che gli avrei tagliato le palle se l'avesse toccata, quindi contavo anche su quello.

«Penso... penso che rimarrò lì.»

Cazzo.

Temevo che fosse davvero ossessionata da Flynn. Dovevo dire qualcosa? Avrei dovuto. Dovevo avvertirla che era un rubacuori.

No, non potevo. Era il suo primo interesse in qualcosa da quando Poval l'aveva rapita da casa, quasi due anni prima. E se la faceva uscire dall'edificio, dovevo considerarla una vittoria. Temevo solo che un crepacuore sarebbe stato la fine per lei. Letteralmente.

Aveva avuto tendenze suicide per molto tempo.

«Vai al lavoro oggi?»

«Certo» mi rimproverò. «Pensi che senza di te non riesca a lavorare?»

«Me ne stavo solo assicurando…»

Ravil, in tutta la sua benevolenza, aveva magicamente trovato lavoro a mia sorella quando finalmente l'avevo trovata e portata con me. Proprio come aveva accolto me e mi aveva mostrato come funzionava a Chicago, seguendo il sentiero che mi aveva portato alla fabbrica di divani, aveva trovato un posto per Nadja. Dal momento che stava ancora imparando la lingua e che interagire con le persone la spaventava, le aveva affidato un lavoro di pulizia al Cremlino. Non importava che avesse già almeno altri cinque immigrati russi sul libro paga per lo stesso posto. Ora lei, che stava uscendo dalla depressione, faceva anche un po' la babysitter per il bambino di Ravil.

«Hai fatto la doccia?» A volte l'igiene personale lasciava a desiderare quando era depressa.

«Mi lavo dopo il lavoro.»

Vero. Non sarebbe uscita a sentire gli Storytellers senza una doccia.

«Hai fatto colazione?»

«La farò. Adrian, sto bene. E tu? Che stai facendo? Quando torni a casa?»

«Ho giusto un po' di lavoro di cui occuparmi. Torno fra un paio di settimane... se tutto va bene.»

«E se non va bene?» La sua voce era carica di tensione.

«Non preoccuparti per me» le dissi. Non avevo intenzione di morire per mano di Poval. Sapevo che era una possibilità concreta, ma avevo intenzione di tornare a casa vivo. Con la giustizia servita.

Guardai di nascosto Kat, che non meritava il ruolo che aveva nella mia vendetta. Stava freneticamente muovendo i polsi contro le fascette.

«Ravil vuole che lo chiami. Ha detto che è importante.»

«Sì, lo chiamerò. Devo andare, Nadja. Chiamami domani, quando ti svegli.»

«Va bene.»

Esitai. «Divertiti stasera.»

«*Spasibo*» mi ringraziò. «*Do svidanija.*»

«*Do svidanija.*» La salutai e riagganciai, poi andai verso Kat.

«Ehi» dissi bruscamente. «Ti stai solo facendo del male. Non riuscirai a liberarti. Smetti di provarci.»

«Vaffanculo, *mudak.*»

Stronzo si diceva allo stesso modo in ucraino e in russo.

Non mi piaceva ferire le donne. Tutt'altro. Sapendo quello che aveva sofferto mia sorella, l'idea di ferire una donna mi faceva star male. Ma Kat era bellissima, lì coi polsi legati sopra la testa. Aveva le labbra screpolate, cosa che le rendeva rosse e carine e molto baciabili.

Mi strofinai la fronte.

Non avrei dovuto farmi coinvolgere emotivamente da lei. Avrebbe dovuto essere la cosa più lontana dalla mia mente, in quel momento. Avrei dovuto incanalare il fantastico approccio orientato agli affari di Ravil. Non mostrare nulla, non dare nulla. Ma invece sentivo la necessità di rivendicare quella ragazza. Per consolarla. Per mostrarle chi era al comando in un modo più sexy rispetto alle fascette sui quei poveri polsi. Nel modo in cui le era piaciuto la scorsa precedente.

Kateryna era bella e sexy, e la sera prima mi aveva sicuramente cambiato in un modo che non mi aspettavo. Prima non pensavo di essere interessato all'abbigliamento da studentessa o alla dominazione, ma ora sì. Ora sì, sicuramente. Non avrei mai dimenticato come ci si sentiva a farla venire su tutte le mie dita dopo aver sculacciato quel bel culo fino a farlo diventare rosso.

«Mi fanno male» si lamentò. «Mi fanno male le braccia. Mi fanno male i polsi. Non reggo più in questa posizione!»

Da. Aveva ragione. Avevo bisogno di cambiare le cose. Tirai fuori il coltellino e tagliai la fascetta intorno ai polsi, afferrandole le mani per impedirle di colpirmi.

E lei ci provò. Mi colpì e mi prese a calci, trasformandosi improvvisamente in una violenta palla di veleno. Dovetti bloccarla sul letto, mettermi a cavalcioni sulla sua vita e fermarle i polsi con le mie mani. Mi sedetti sul suo bacino per bloccarla.

Dopo un momento di inutile lotta, si fermò, respirando forte sotto di me. Il suo sguardo era meno arrabbiato che... *ferito?*

Ecco perché non avrei dovuto mescolare gli affari con il piacere. Stavo facendo davvero un casino.

«Lasciami andare.» Gli occhi le si riempirono di lacrime arrabbiate.

«Non rendere tutto più difficile, *detka.*»

Cambiò approccio. «Devo andare al bagno.»

Probabilmente era una bugia, ma cosa potevo fare?

Non avevo intenzione di farle sporcare il letto. «Va bene. Andiamo.» Avrei dovuto rimetterle le fascette, ma decisi di rischiare e tenerla ferma io stesso. Era piccola e non addestrata al combattimento corpo a corpo, al contrario di me. Poteva anche aver fortuna e battermi, ma sembrava altamente improbabile.

Alzai i fianchi dai suoi e feci oscillare una gamba giù dal letto, la tirai per i polsi per farla ruotare verso l'alto e metterla seduta e poi in piedi. Il suo sguardo conteneva ancora la stessa ferita che avevo visto un attimo prima.

Le piegai i polsi dietro la schiena uno alla volta, poi la girai verso il bagno e avanzai dietro di lei, tenendola prigioniera.

In bagno, usò il gabinetto e poi aprì l'acqua della doccia. «Mi sento uno schifo» disse scontrosa. Senza guardarmi, iniziò a spogliarsi, partendo dai calzini alti fino al ginocchio.

Chiusi la porta e mi ci appoggiai contro. «Ok. Fa' la doccia.» Incrociai le braccia sul petto.

Non c'erano finestre nella doccia. Non poteva uscire. Sembrava una situazione abbastanza innocua.

Si slacciò la gonna e la lasciò cadere, poi si tolse la camicetta, il reggiseno e infine le mutandine. Cercai di mantenere lo sguardo... beh, basso. Non potevo girar gli occhi altrove né voltare le spalle. Avrebbe potuto mandarmi a sbattere la testa contro il retro del serbatoio del gabinetto di ceramica. Ma era dannatamente difficile non apprezzare il suo bel corpo. Aveva seni pieni e maturi che contrastavano con la sua minuscola gabbia toracica e la vita stretta. Non c'era granché nella zona dei fianchi, ma le gambe erano formose, e quel culo... davvero carino.

Mi ignorò e si tolse gli elastici che chiudevano le estremità delle trecce per sciogliere i lunghi capelli scuri. Entrò nella doccia e fece scivolare la porta di vetro smerigliato per chiuderla. «Non ce l'hai il balsamo?» chiese.

«*Net*. Perché dovrei aver bisogno del balsamo?»

«Mi serve. Hai idea di quanto saranno aggrovigliati i miei capelli?»

«Mi dispiace, *princessa*.»

Spalancò la porta della doccia per farmi il dito medio. Le lanciai un'occhiataccia, anche se quell'atteggiamento da ragazzina viziata stava iniziando a piacermi.

Chiuse di nuovo la porta, ma non prima che riuscissi a dare un'occhiata al suo corpo bagnato, ancora più glorioso con le goccioline d'acqua che scendevano implorando di essere leccate.

Dannazione.

Rimase lì dentro un'infinità di tempo. Pensai di dirle di sbrigarsi, ma che importanza aveva, poi? Quella era l'unica possibilità che aveva di essere libera dalle fascette: potevo anche lasciare che se la godesse.

«Chi è Nadja?» chiese dopo un po'. Sentii un tono d'accusa nella sua voce.

Improvvisamente, il dolore nei suoi occhi e nella sua voce acquisì più senso.

Maledizione.

Significava che era già attaccata a me. Attaccata abbastanza da essere gelosa di una ragazza che mi chiamava al telefono. Ma perché avevo proprio dovuto fare sesso con lei?

Non avevo bisogno di quella complicazione.

Lei non aveva bisogno di quella complicazione. O le semplificava le cose? No, quello era stato il mio pensiero la scorsa prima. Portarla da me consensualmente per evitare ulteriori traumi. Ma era stato invece un trauma ritardato. Perché alla fine, c'era solo un modo in cui la situazione si sarebbe conclusa: con suo padre morto per mano mia.

Come si sarebbe sentita al riguardo pensando che eravamo amici? Amanti?

Non risposi, vagai nei recessi della mia mente. Non ero ancora un esperto nel prendere decisioni in una frazione di secondo. Ero un pulitore. Quello che gestiva le cose dopo che erano accadute. Mi presi del tempo per metabolizzare la situazione.

Improvvisamente, volò fuori dalla doccia ancora aperta, il manico del mio rasoio stretto come un'arma. Mi saltò addosso, a cavallo della vita, e cercò di infilarmi l'impugnatura del rasoio nell'occhio. Le presi il polso, che era scivoloso e bagnato, e mi precipitai in avanti nella doccia, dove la appiccicai con la schiena contro il muro di piastrelle. L'acqua mi inzuppò i vestiti, mi riempì gli stivali. Le sbattei il polso della mano che teneva il rasoio contro la piastrella per farlo cadere.

«Chi è?» urlò. «Perché hai scopato con me? Perché...» Le si spezzò la voce.

«È mia sorella» le dissi, buttando ogni ragionamento fuori dalla finestra. «Non avrei dovuto scopare con te. Non avrei dovuto. Era sbagliato. Mi dispiace, *malyška*.»

«*Perché* l'hai fatto?» gracidò.

«Non avevo intenzione di prenderti ieri sera, va bene? Ti stavo solo seguendo. Per imparare le tue abitudini. Ma mi hai notato. E poi quei *mudak* hanno cercato di violentarti.»

«*Tu* mi hai violentata!» Cercò di colpirmi di nuovo, ma io spostai la testa di lato. Sentii il naso leggermente gonfio e contuso dal precedente attacco.

«Perché non hai solo... perché l'hai fatto?» La sua confusione mi distrusse.

«Mi dispiace. Eri in un trip. Non volevo che i farmaci aumentassero il trauma. Così ho aspettato.»

Mi fissò, incamerando la cosa. «Non volevi... mi stavi

salvando da un brutto trip?» Goccioline le imperlarono le ciglia. L'eyeliner nero della sera era stato lavato via, e così era ancora più bella.

Annuii.

«E Nadja è tua sorella?» Mi rilassai e la lasciai scivolare sul pavimento della doccia, ora che aveva sfogato la ribellione.

«*Da*. È...» Mi fermai. Non volevo dire a Kateryna i dettagli di ciò che aveva fatto suo padre. Era già abbastanza brutto il pensiero che glielo avrei portato via. Non dovevo rovinare anche l'immagine che aveva di lui. «Tuo padre l'ha rovinata.» Terminai così, indietreggiando e chiudendo la porta della doccia.

~

Kat

RIMASI sotto il getto d'acqua, tremando. Sbalordita dalle nuove informazioni rivelate dal mio rapitore.

Era una vendetta per Nadja. Sua sorella.

Che mio padre aveva rovinato.

Rovinato come?

Chiusi gli occhi. Non credevo di volerlo sapere. Proprio come non volevo sapere con certezza cosa fosse successo a mia madre. Se era ancora là fuori da qualche parte o se mio padre aveva rovinato anche lei.

Aprii la porta della doccia e trovai Adrian ancora in attesa contro la porta. Stava gocciolando, aveva i vestiti inzuppati, i capelli scuri attaccati alla fronte.

«Vuoi entrare?» Avevo la gola graffiata dalle urla. «L'acqua è ancora calda.»

Scosse la testa. «No. Non avrei dovuto confondere le

cose tra noi. È stato sbagliato. Rende solo tutto più difficile.»

Annuii, d'un tratto profondamente triste. Probabilmente era solo la delusione frutto dell'ecstasy della sera. Le sostanze chimiche del mio cervello dovevano essere completamente fuori controllo.

«Resta lì dentro tutto il tempo che vuoi. Oggi non dobbiamo fare nulla.»

Dannazione.

Era... gentile. Come avevo sospettato la sera prima, sotto l'esterno ruvido e scontroso c'era un uomo degno. Tenni la porta della doccia aperta, ma rientrai sotto il getto d'acqua. Non sapevo se per tentarlo o se avevo solo bisogno di mantenere un contatto.

«Ieri sera è stato un compito?» Alzai le mani ai capelli, seguendo lo sguardo di Adrian quando ricadde sul mio seno sollevato. «Hai fatto sesso con me per impedirmi di fare un brutto trip. Tutto qui?»

«Non ho fatto sesso con te.»

«Sì, continua a raccontartela. Io avevo il tuo cazzo in bocca e tu la lingua tra le mie gambe. È dannatamente sessuale.»

Afferrò le estremità dell'asciugamano e mi spinse contro il muro. «Scusa, Kateryna. È stato un errore. Non accadrà più.»

Stava dicendo la cosa sbagliata. Non volevo che si scusasse e mi dicesse che era stato un errore. Volevo che dicesse che avevo scosso il suo mondo nel modo in cui lui aveva scosso il mio. Volevo che mi dicesse che era il ragazzo che la sera prima pensavo che fosse. L'orso sexy e scontroso capace di tutto, che soddisfaceva tutte le mie fantasie sessuali più profonde e oscure. Il ragazzo che aveva esplicitamente chiesto e aspettato il consenso, ma che poi aveva preso il comando nel modo più deliziosamente dominante possibile.

E poiché avevo fatto tre anni di terapia, riconoscevo anche di essere infantile e bisognosa. Stavo cercando di attaccarmi emotivamente a un ragazzo che mi aveva rapita per usarmi come esca contro mio padre. Credere che in qualche modo avrei stretto un legame emotivo duraturo con lui era stupido e sciocco.

Ma poi… stupida e sciocca erano un po' i miei secondi nomi.

«Quindi non era reale?» insistetti. «Mi hai sedotta per il mio bene?» Lasciai che la mia incredulità si manifestasse.

Divenne imperturbabile, tornò il suo bagliore scuro.

«Per il mio comodo» scattò. «Vestiti.»

Non gli credevo. Stava volutamente mettendo distanza tra noi. Una parte di me aveva voglia di incazzarsi – che poi era quello che voleva lui – e lasciarlo andare. Un'altra parte voleva continuare a fare pressione. A sedurlo come la sera prima.

Perché entrambi sapevamo che ero stata io a venire su di lui, non il contrario.

«Ho bisogno di vestiti puliti» affermai. Mi ero vomitata sulla camicetta quella mattina, e ora puzzava.

«Puoi indossare una mia camicia» brontolò Adrian spingendomi fuori dal bagno, nel piccolo appartamento buio. Pensai di correre verso la porta, ma ero nuda, e dubitavo che ce l'avrei fatta. Avevo sentito i muscoli di Adrian e avuto una dimostrazione della sua forza la sera. Era in ottima forma. Mi portò a una valigia sul pavimento e la aprì con la punta del piede.

«Prendi qualcosa» mi ordinò.

Lasciai cadere di proposito l'asciugamano, sostenendo il suo sguardo per un momento prima di accovacciarmi lentamente. La necessità di dimostrare che quella notte era stata qualcosa di più che mera convenienza era forte.

Le narici di Adrian si infiammarono e i muscoli intorno alla mascella si strinsero.

Bene.

Speravo che soffrisse. Speravo che le palle gli diventassero blu mentre mi guardava.

Frugai nella valigia alla ricerca di qualcosa di duro con cui poterlo colpire in testa. Lui era su di me, però.

«Prendi quella in cima» gridò. «Smettila di fare casino in giro.»

«Questa?» chiesi con finta innocenza. Agganciai un dito al colletto di una maglia di tipo Henley morbida e color verde bosco e la raccolsi tenendola lontana dal mio corpo, in modo da non coprire nulla. «Hai delle mutandine per me?»

«Non giocare alla seduttrice» disse Adrian.

«Non so di cosa parli.»

«Devi essere a caccia di una punizione.» La voce di Adrian era setosa e profonda.

Sorrisi, perché stava al gioco. O stava giocando, o era serio. Non mi interessava quale fosse la verità: io quel gioco lo adoravo. I capezzoli mi si indurirono in perline strette.

Lo sguardo di Adrian si abbassò su di loro, poi mi strappò la maglia dalle mani e me la infilò sulla testa come se fossi un bambolotto da vestire.

Scosse la testa come disgustato da me, ma sapevo che era una stronzata.

«Niente mutandine per te.» Mi diede uno schiaffo sul culo e mi bloccò entrambi i polsi dietro la schiena.

Il mio cuore galoppò per l'eccitazione.

«Ooh, sculacciami, paparino.»

«No. *Net*.» Mi spinse in avanti, di nuovo sul letto. C'era

una genuina irritazione nella sua voce ora. In un certo senso la adoravo. «Ti ho detto di non chiamarmi così.»

«Scusa, padrone» dissi con finta voce sottomessa.

Mi portò a lato del letto e tirò fuori dalla tasca una fascetta.

Mi ribellai. «Niente più fascette. Hai visto i miei polsi?» chiesi.

Mi torse i polsi davanti a me e li esaminò. Erano irritati e graffiati, e anche se in volto non cambiò espressione, fui comunque sicura che gli dispiacque.

Mi bloccò i polsi con una mano e usò l'altra per recuperare il bavaglio che avevo intorno alla testa la mattina. Me lo torse intorno ai polsi due volte, quindi avvolse la fascetta.

«Non così stretto!» esclamai mentre faceva per stringere.

Si fermò, rallentò. Le misurò con attenzione, poi ridusse la stretta di uno scatto.

Esagerai, strizzando gli occhi e inspirando come se facesse davvero male.

Insomma, faceva male – ero sensibile – ma ci stavo sicuramente marciando.

Tirò indietro di un altro scatto.

Mantenni una certa pressione esterna sui polsi per tenerli separati mentre li stringeva, e non mi contorsi per non mostrare che avevo ancora un po' di spazio. Quando finì, mi spinse all'indietro per farmi sedere sul letto.

«Alza le mani, *detka*.»

«No» dissi ostinatamente.

Quando alzò le sopracciglia come avvertimento, feci la petulante. «Perché devo tenerle proprio sopra la testa? Mi defluisce tutto il sangue via dalle mani. Mi fanno ancora male le spalle e il collo.»

Mi rotolai su un fianco in posizione fetale, tenendo i polsi davanti a me.

«Ecco» mi offrii. «Trova un altro posto dove legarmi, così almeno posso sdraiarmi sul fianco.»

Adrian fece un respiro misurato, come sforzandosi di mantenere la pazienza, ma, come sospettavo, sotto quella scorza dura quel ragazzo era un pasticcino alla cannella.

Formò una catena di diverse fascette e ne attaccò una al telaio del letto e una ai miei polsi. Quando si alzò, si tolse la camicia bagnata. Era stupendo. Del tipo asciutto e dalla pelle pallida, ma tutto sodi muscoli. Quando si girò vidi che aveva un grande, bellissimo tatuaggio a fiamma sulla scapola destra, con delle lettere cirilliche che componevano la parola *mest'* nella parte inferiore.

«Che significa *mest'*?»

«*Vendetta.*»

Si girò e mi bloccò con uno sguardo brutale, e il mio stomaco si capovolse.

«Hai dato fuoco a qualcuno per vendetta?»

Scosse la testa, le labbra si abbassarono con amarezza. «Non ancora.»

Un brivido di consapevolezza mi attraversò. Si trattava di mio padre, ne ero sicura.

«Gli darai fuoco?» chiesi.

«I tatuaggi della bratva riguardano crimini già commessi» disse, scuotendo i suoi jeans bagnati.

Mi bagnai le labbra con la lingua, incapace di resistere all'impulso di chiedere, ma non essendo sicura di voler sentire la risposta. «Cos'hai bruciato?»

Stavolta, quando incrociò il mio sguardo c'era un'aria di un trionfo fiammeggiante dietro l'oscura promessa di punizione. «La sua fabbrica.»

Andò al bagno solo coi boxer, ma si fermò e si girò quando arrivò alla porta. «Non fare rumore» disse.

C'era minaccia nel suo sguardo.

«Tanto non può sentirmi nessuno» dissi, il che era vero perché c'era la televisione ad alto volume.

Scomparve in bagno e lo sentii aprire l'acqua della doccia.

Perfetto. Era ora di mettere a punto la mia fuga.

Contorsi i polsi, tirando, spingendo, dimenandomi.

Maledizione.

Era più stretto di quanto sperassi, ma c'era ancora un po' di spazio. Potevo farcela. Potevo assolutamente farcela. Faceva male, era troppo stretto, ma potevo riuscire a farlo passare sopra il pollice se... sì! Feci scivolare fuori una mano con un silenzioso gemito di trionfo. Ero libera. Lottai per liberare l'altra mano e saltai giù dal letto.

Dov'era la borsa? La presi e mi misi a frugare alla ricerca del telefono.

L'acqua della doccia si spense. Argh! Mi servivano vestiti. Continuai a frugare alla ricerca del telefono mentre correvo verso la porta, dove la sera prima avevo tolto i tacchi. Infilai un piede nella scarpa.

«Dove pensi di andare?»

Un russo bagnato e arrabbiato si dirigeva verso di me con un asciugamano intorno alla vita. Mi bloccai e poi aprii la porta. Troppo tardi. La chiuse di colpo prima che potessi attraversarla e mi prese per la gola.

«Ora sei nei guai.» Mi tenne bloccata contro la porta. La borsa mi cadde a terra. Non era senza fiato come me, né sembrava particolarmente sorpreso o deluso. Notai anche che non mi aveva stretto le dita intorno alla gola. Non abbastanza da soffocarmi, comunque.

Ma certo: gli servivo viva.

Era così, no? Mi attraversò un brivido quando mi resi conto che non mi stava trattenendo per un riscatto. Non proprio. Voleva uccidere mio padre.

Ma non mi avrebbe uccisa a meno che non vi fosse stato obbligato. Ne ero sicura.

O almeno... così pensavo. Mi aveva detto il suo nome completo, cosa che avrebbe potuto indicare che non aveva intenzione di lasciarmi andare.

«Hai intenzione di punirmi, paparino?» lo schernii, sapendo che odiava quel nomignolo.

«Sicuramente.»

Rabbrividii per la mancanza di esitazione con cui rispose. Come se l'avesse già pianificato, anche prima che provassi a trasformarlo in un gioco sessuale.

«Ti sculaccerò fino a farti piangere, bambina.» Il calore mi inondò il bacino, riversandosi lungo l'interno coscia. Odiavo e amavo la minaccia allo stesso tempo.

Pensai di provare a dargli di nuovo una ginocchiata nelle palle, ma doveva avermi letto nella mente, perché mi girò per mettermi fronte alla porta e mi inchiodò le mani sopra la testa.

Mi tirò su la parte posteriore della maglia per mettermi a nudo il culo e me lo schiaffeggiò a destra e a sinistra più volte, forte. Mi si strinse la figa. Faceva male, ma era anche sexy per me. Stava al *mio* gioco. Non c'era nulla di dannoso nella punizione. Stava solo usando la mano. Poteva pizzicare e bruciare un po', ma dubitavo seriamente che potesse farmi piangere.

«Scappavi senza mutandine, *detka*?» Mi mollò un'altra raffica di sculacciate sul culo, alternando un lato e poi l'altro.

Spinsi in fuori il culo, perché stava sicuramente al mio gioco. Stava parlando di uscire senza mutandine, non di una fuga. Non del fatto che lo avessi ingannato in modo che non mi legasse abbastanza stretta.

E non credevo nemmeno che fosse pazzo.

Emisi un leggero lamento ma cercai di rimanere sul

posto, di stare ferma. Mi piaceva troppo. La paura e l'adrenalina della tentata fuga si stavano ora trasformando in lussuria incandescente. Adrian non si tirò indietro, a differenza di quella sera. Non si fermò né sfregò nel mezzo. Divenne velocemente troppo intenso. Ancora non tanto da farmi piangere né da provocarmi altro che bruciore. Sussultai, la figa gocciolava miele mentre lui mi dava fuoco al culo.

Rimasi un po' stordita quando si fermò bruscamente. Mi afferrò i capelli bagnati e mi tirò indietro la testa. *«Cattiva.»*

Quasi venni. Ci ero vicinissima. Avevo sentito un tremore, un gemito.

Mi tenne lì per un momento, i polsi appuntati sulla porta da una delle sue mani, i capelli tirati indietro dall'altra. I miei capezzoli erano duri, punti brucianti contro la sua camicia morbida e aperta.

Mi accelerò il battito. Ora avremmo fatto sesso. Speravo che a letto fosse tanto brutale quanto lo era fuori. Ne ero sicura. Tremavo per l'eccitazione, per le endorfine.

Mi tirò via dalla porta e mi riportò al letto, tenendomi ancora per i polsi sopra la testa e per i capelli.

«Sdraiati» ringhiò, liberandomi e dandomi una spinta.

Non mi piaceva che mi avesse lasciata andare. Sembrava sbagliato. Ma mi arrampicai sul letto, salendo sulla pancia e allargando le gambe, in un certo senso volendo mantenere la sensazione di punizione. Adrian mi legò i polsi – troppo stretti – e li fissò alla testiera, costringendomi a inarcarmi per rimanere così. Feci una smorfia mentre mi appoggiavo ai polsi per trascinare le ginocchia sotto di me e mettermi più a mio agio.

Ora il mio culo era esposto per lui, pronto.

E fu allora che se ne andò.

CAPITOLO CINQUE

Adrian

NON POTEVO. Sapevo che voleva che le dessi soddisfazione.

E io lo volevo, senza dubbio. Il mio cazzo tendeva l'asciugamano così tanto che era incredibile che fosse rimasto su – l'asciugamano, non il cazzo. Ma scopare una legata e mia prigioniera non era una cosa che potevo fare.

Altrimenti sarei stato come Leon Poval e tutti i suoi clienti e compatrioti stronzi. Sarei stato come gli uomini orribili che avevano usato e abusato di mia sorella mentre era detenuta, contro la sua volontà, come schiava del sesso nel seminterrato della fabbrica di divani in attesa di un offerente a lungo termine.

E quel pensiero mi faceva star male.

Anche se sembrava abbastanza consensuale, anche se sapevo che a Kat erano piaciute le sculacciate, non c'era possibilità alcuna che la scopassi.

«Che diavolo stai facendo, russo?» mi sbottò contro.

Era incazzata, e lo capivo. Supponevo di esser appena

stato per lei l'equivalente di una che ti attizza e non te la dà.

Le avevo lasciato il clitoride blu o qualcosa di simile.

«Non puoi andartene. Stai scattando delle foto?» urlò.

Non avevo intenzione di farlo, ma non era una cattiva idea.

«A tuo padre piaceranno» dissi, trovando il telefono sul bancone e prendendolo in mano. Era davvero un gran bello scatto, con il culo arrossato e la posizione estremamente degradante.

«Non *osare*. Ok, allora…» Si lanciò i capelli bagnati sulla spalla e rovinò la foto offrendomi un gigantesco sorriso a trentadue denti. «Dai» disse senza muovere le labbra. «Cosa c'è che non va?»

Lasciò cadere i fianchi da un lato, contorcendosi per mettersi di schiena, poi aprì le gambe in un'ampia spaccata e sporse la lingua come se stesse posando per uno scatto porno.

Cantò una canzoncina su come avrebbe potuto essere di qualsiasi colore mi piacesse.

Scossi la testa. «Che pazza che sei, cazzo.»

Canticchiò altre canzoni, oscillando i fianchi e muovendo la testa come se fosse in un video musicale, e non legata al mio letto.

«Che cos'è? Cosa canti?» C'era qualcosa di vagamente familiare, ma onestamente non sapevo cosa stesse succedendo.

«Ma dove vivi? È *Grace Kelly* di Mika. Hai visto la sfida di Grace Kelly?» E cantò ancora un po' della canzone.

«Cosa?»

Divaricava e incrociava le gambe in modo folle, come una selvaggia sirena tentatrice in un mare di coperte.

«Su TikTok.»

TikTok. Era pazza.

Misi giù il telefono e la ignorai, andando alla valigia per cercare dei vestiti asciutti da indossare.

Mi misi un paio di boxer, poi i jeans.

Finì la canzone e poi ricominciò, ripetendo solo una strofa più e più volte con diversi toni. Era esasperante. Adorabilmente sfacciata.

Continuai a ignorarla. Alla fine smise di cantare. Doveva aver capito che non sarei tornato, perché disse: «Ti odio, Adrian Turgenev. Sei una merda totale. Seriamente. Adesso mi metto a urlare.»

Mi girai e puntai un dito di avvertimento, non avendo il tempo di chiudermi i jeans.

Mi guardò e prese fiato. Mi stava dando il tempo di fermarla. Mi voleva di nuovo laggiù.

«Caz…»

Salii sul letto e le schiaffai una mano sulla bocca quando urlò. Il mio corpo coprì il suo. Era nuda dalla vita in giù, il profumo della sua eccitazione solleticò i miei sensi.

C'erano sia trionfo che paura nel suo sguardo. Il bisogno di calmarla, di trasformarla in qualcosa di sessuale, di renderla completamente distinta da ciò che mia sorella aveva sofferto mi fece fare le fusa. «Quale sarebbe il problema? Ho fatto diventare quella figa tutta calda e bagnata e ora sembra troppo vuota?» I suoi brillanti occhi azzurri si fissarono sui miei. Ci vidi vulnerabilità e desiderio.

Fu la vulnerabilità a distruggermi.

«Ascoltami.» Mi rilassai e tolsi lentamente la mano dalla sua bocca. «Adesso prendo il coltello. Non ti muovere. Non emettere un cazzo di rumore.» Trattenne il respiro, guardandomi recuperare il coltello dai jeans bagnati e tornare da lei. Le tagliai le fascette che la tenevano al letto. I polsi erano ancora legati, ma poteva muoversi se lo voleva.

«Se vuoi qualcosa da me, vieni a prendertelo. Non sono come tuo padre. Non prendo le donne quando non hanno scelta.»

Per assicurarmi di non influenzarla, mi allontanai, afferrando un paio di calzini dalla valigia e sedendomi su una sedia per indossarli. Kat mi guardò con uno sguardo imbronciato.

Finsi una posizione naturale. Ero pronto se avesse provato a fuggire, ma dubitavo che lo avrebbe fatto.

La carica sessuale tra di noi era elettrica. Inebriante.

Balzò verso di me. Aveva l'aria di una bambina costretta a scusarsi per un errore che non pensava di aver commesso.

Le resi le cose più facili, afferrandola alla vita e tirandola a sedere sulle mie ginocchia, coprendole monte di venere con la mia mano libera. La figa era bagnata e gonfia e il mio dito medio affondò dentro di lei senza che nemmeno cercassi l'ingresso.

«È questo ciò di cui hai bisogno, *malyška*?»

Piagnucolò.

«*Dillo.*» Sembravo un cazzone, ma per me era importante. La linea tra me e uomini come Poval sembrava sottile e sfocata.

Avevo catturato una ragazza contro la sua volontà. L'avevo legata e tenuta per lo più nuda. Dovevo dimostrare a me stesso di non essere uguale al mostro cui stavo dando la caccia.

Le tracciai l'area del clitoride con il dito, e lei si dimenò, con la testa che ricadeva sulla mia spalla. «Ho bisogno che tu finisca quello che hai iniziato.»

Ancora petulante... Le tenni la gola contro la mia

spalla, strofinando ancora tra le sue gambe con l'altra mano.

«Vuoi che ti scopi, *malyška?*»

«*Tak.*» La sillaba suonò abbastanza vicina al *sì* russo da permettermi di capirla.

«Mi prenderò cura di te.» Premetti di nuovo il dito dentro di lei, pompando con un impulso lento. «Come lo vuoi?»

Non rispose. Avevo capito. Le piaceva essere dominata. Darmi indicazioni probabilmente le faceva pensare di prevaricare la sua posizione. Conoscevo i termini solo perché il mio amico Pavel aveva a che fare con quella merda.

«Duro e brutale, Kateryna? È così che ti piace?»

Piagnucolò, perché presi velocità con il dito che si immergeva dentro e fuori di lei.

«Perché io non sono delicato.»

Non era del tutto vero, ma forse con lei sì.

«Vuoi prenderlo in ginocchio o da sdraiata?» Non avevo dimenticato come mi si era offerta pochi minuti prima. «Perché lo prenderai sicuramente da dietro.»

«Basta chiacchiere» sibilò a denti stretti.

Tirai fuori il dito e le diedi uno schiaffo alla figa. «Decido io quando basta.»

Gemette rumorosamente.

Le aprii il ginocchio sopra il mio e le schiaffeggiai la figa ripetutamente, in modo leggero e veloce.

«Lo renderemo semplice. Nessuna parola di troppo. Tu mi dici *stop* quando vuoi; altrimenti, faccio quello che voglio. Ok?»

Annuì da sopra la spalla.

«*Dillo.*» Le schiaffeggiai di nuovo la figa.

«*Sì!*»

«Brava.» La sollevai dalle mie ginocchia. «Vai e sali sul letto.» Forse era un ultimo test. Mi stavo assicurando che assumesse la posizione in totale libero arbitrio. Che lo volesse davvero. Si avvicinò al letto e si arrampicò su avambracci e ginocchia, il culo alto, come un attraente bersaglio.

Mi avvicinai e feci scorrere leggermente il palmo della mano sul suo culo. Era rosso dalla sculacciata che le avevo dato contro la porta. Leggermente caldo al tatto.

Sollevai il palmo della mano e le diedi un'altra sculacciata forte.

Non emise alcun suono.

«Non mi piace far male alle donne, ma potrei sicuramente abituarmi a sculacciarti» le dissi.

Non disse nulla, ma si tenne perfettamente ferma.

«Sei davvero brava ad aspettare il tuo cazzo in questo modo. Sei bellissima.» Le tirai la maglia su per la schiena per scoprire i seni pendenti verso il basso, e pizzicai e roteai il capezzolo di quello più vicino. «Hai le tette più belle che abbia mai visto.»

Alzò la testa, come sorpresa.

«Non te l'avevano mai detto?»

Continuai a pizzicarle e stringerle il seno mentre le davo un altro schiaffo sul culo.

Esitò, e pensai che non mi avrebbe risposto, ma poi disse: «Nessuno a cui ho creduto.»

Per un qualche motivo, non mi piacque. Implicava una mancanza di fiducia di cui non sospettavo. Da quello che avevo visto al rave, sapeva di essere sexy. Ci giocava. Le piaceva stuzzicare gli uomini per ottenere qualcosa che sembrava desiderare.

Le afferrai i capelli bagnati e li strinsi, tirandoli dalle radici.

«A me credi, Kateryna?» Cercò di guardarmi, ma con

la mia mano tra i capelli non ci riusciva, quindi glieli lasciai. «Eh?»

C'era un bel rossore sul suo viso, come se le piacesse sentire che ero innamorato delle sue tette.

«Sì.»

Colsi di nuovo la vulnerabilità, e mi fece male al petto. Maledizione.

Si sarebbe affezionata. Ero già troppo estasiato da lei. E c'era solo un modo orribile in cui quella relazione poteva finire. Con suo padre in una pozza del suo stesso sangue e io con in mano la pistola.

Non era un problema per me distruggere la mia anima per ottenere vendetta.

Non mi interessava trascorrere il resto della vita in prigione, e neanche morire.

Ma ora mi sembrava di essere in procinto di rovinare quella ragazza. L'unica cosa che speravo di non fare.

Non volevo che rimanesse traumatizzata come Nadja. Non volevo che soffrisse.

Ma nel mio bisogno di prendermi cura di lei, di proteggerla dai traumi, avevo creato un nuovo punto debole: il suo cuore.

Non che il suo cuore non fosse già destinato a spezzarsi per la perdita del padre, ma che morisse per mano di un uomo con cui era stata in intimità non l'avrebbe distrutta completamente?

Ma lei mi stava guardando con quegli occhi blu fiordaliso. Non potevo tirarmi indietro o fermarmi, ormai. Dovevo finire quello che avevo iniziato. Le afferrai la spalla e la spinsi verso l'alto per farla rotolare all'indietro. Lei rotolò su un fianco, ma io le presi i fianchi e la sostenni per metterla di nuovo sulle ginocchia.

«No» dissi bruscamente, come se mi avesse scontentato. Tu tieni quel culo in aria, così posso sculacciarlo.» Per sottolineare le mie parole, le diedi tre forti schiaffi. Poi le spinsi di nuovo la spalla. «Ora girati e dammi quel seno. Ti mostrerò quanto mi piace.»

Abbassai la testa e le succhiai il capezzolo, poi gli feci roteare la lingua intorno e mi tolsi. Lo afferrai grossolanamente e lo torsi, ma mitigai il gesto con le parole: «Che carino che è…»

Emise un gemito.

«Sei bagnata per me, Kateryna?» chiesi. Da quando era venuta a letto, non le avevo ancora toccato la figa.

«Sì» disse.

«Fammi vedere.» Mi arrampicai dietro di lei e le strofinai le dita tra le gambe. Il suo miele mi ricoprì le dita, liscio e dolce. Lo usai per circondarle il clitoride, poi immersi di nuovo il dito e lo trascinai sul suo buco del culo. «Vuoi essere scopata qui?»

«No» disse immediatamente, stringendo l'ano sotto il mio dito.

«Potrebbe piacerti» le dissi, e la schiaffeggiai nel punto in cui il culo incontrava la coscia. Presi un cuscino e glielo spinsi sotto i fianchi. «Sdraiati, *malyška.*»

Scivolò in avanti verso la pancia e aprì le cosce.

La colpii di nuovo, poi misi il pollice sopra il suo ano mentre le mie due dita scivolano sulla fessura lubrificata. Sembrava così sporco. Così giusto. Le diedi un altro schiaffo sul culo e poi mormorai: «Non muoverti.»

Presi un preservativo dal portafoglio e tornai indietro. Non si era mossa di un centimetro. Kateryna era dannatamente obbediente, quando voleva qualcosa.

«Mi metto il preservativo.» Il mio accento suonò marcato.

«Ho la spirale» mi disse.

Le schiaffeggiai il culo. «Dovresti comunque esigere la protezione.» Ero di nuovo incazzato per quei *mudak* che volevano approfittare di lei al rave. Kateryna aveva bisogno di alzare i suoi standard.

Mi tolsi i pantaloni e spinsi giù i boxer, srotolai il preservativo e mi posizionai al suo ingresso. C'era una vocina fastidiosa nella parte posteriore della mia testa che cercava di prendere il controllo su di me. Mi stava dicendo che era un errore. Che lì mi sarei spinto troppo lontano. Fino a un luogo da cui non c'era ritorno.

Ma al momento ero ubriaco di ormoni. Avevo bisogno di Kateryna tanto quanto lei aveva bisogno di me, e tirarsi indietro o allontanarsi era diventato impossibile.

Premetti lentamente, rilassandomi perché io ero grande e lei stretta. Centimetro dopo centimetro, inserii il cazzo fino a quando non fui completamente dentro.

Le scostai i capelli dal viso, poi glieli afferrai e li rilasciai, facendole un massaggio deciso al cuoio capelluto.

«Stai bene?»

Si spinse contro di me. «Sì.» Era senza fiato.

Mi tirai indietro di nuovo, poi spinsi ancora. Il cuscino che le sollevava i fianchi mi dava una buona angolazione. Potevo entrare in profondità dentro di lei e intanto colpire il suo punto G.

«Tak... tak» gemette, apparentemente già sulla strada della soddisfazione.

Il piacere era reciproco. Non avevo una ragazza da quando avevo lasciato la Russia per cercare Nadja, più di un anno prima. Avevo avuto alcune partner ma niente di così sexy. Niente di così stravagante, così sexy e sopra le righe.

E Kateryna era di gran lunga la ragazza più bollente con cui ero stato. Giocai afferrandole i capelli e rilasciandoli, a volte tirandole la testa verso l'alto per farle inarcare la schiena per il tempo di qualche spinta, poi lasciandola tornare giù a riprendersi. Le tenni la nuca giù come se fosse appuntata al letto. Giocai con un capezzolo mentre la piegavo all'indietro tirando e lasciando i capelli.

Era flessibile. Entusiasta. Ogni volta che facevo qualcosa di forte o dominante, la sua figa sgorgava per me. A quanto pareva, amava essere maltrattata.

E a quanto pareva, a me piaceva essere il suo aggressore. Il pensiero mi disturbava, ma lo cacciai via. Riuscivo a sentire il mio piacere arrivare. Avanzare per rivendicare la vittoria.

Guidai Kat, schiaffeggiandola più forte e più veloce. Le afferrai il collo per piegarla all'indietro mentre la scopavo. «Ti piace quando te lo do duro, *malyška*? Eh?»

«*Tak*» gridò.

«Lo prendi da brava, vero?»

Emise un respiro singhiozzante e mi strinse il cazzo con i suoi muscoli interni.

Non riuscii più a trattenermi. Mi cullai in lei con colpi duri e forti, scuotendo il letto e mandandolo a sbattere contro il muro.

«Sì!» piagnucolò Kat.

Mi si annebbiò la vista. La stanza nuotò e girò. Gridai e venni, immergendomi in profondità dentro di lei per riempire il preservativo.

Lei si arrese in perfetta sincronia, i suoi muscoli munsero la mia sborra mentre aveva spasmi per il proprio rilascio.

«Ecco» mormorai, dondolandomi lentamente dentro e fuori per strapparle le ultime scosse di assestamento. «Brava.»

~

Kat

. . .

BRAVA. Quella parola in qualche modo mi guarì e ferì allo stesso tempo. Forse Delaney aveva ragione, dopo tutto.

«Sono davvero brava?» chiesi, anche se era una cosa terribile e bisognosa da dire. Lo avrei fatto impazzire proprio come aveva fatto impazzire ogni ragazzo che avevo mai creduto un potenziale fidanzato. Perché io non ero affatto brava.

Ero cattiva.

Marcia fino al midollo.

Ma Adrian mi scostò i capelli dal viso. «Molto brava» tuonò, e un calore sconosciuto e l'approvazione nella sua voce mi fecero girare il viso per cercare il suo.

Lasciò ricadere un bacio sulla mia tempia. «Ti piace interpretare il ruolo della cattiva, ma dentro non sei altro che brava» mi disse.

Inspirai un respiro strozzato. Non sapevo perché, ma mi venne di nuovo da piangere.

Avrei pianto ogni volta che quell'uomo mi faceva venire? Era assurdo.

Totalmente imbarazzante.

Oh Dio, avevo gli occhi già bagnati.

Ma Adrian non ne fece un grosso problema. Non andò fuori di testa. si limitò ad asciugarmi una lacrima a lato del naso.

«Sei una ragazza forte, Kateryna» mi disse.

Ci fece rotolare di lato, mantenendo i nostri corpi uniti. Trovò il clitoride con il polpastrello e fece un leggero movimento circolare, strappandomi un altro piccolo orgasmo. Respirai affannosamente e trattenni il respiro, poi gemetti dolcemente mentre mi lasciavo andare.

«Questa tua stranezza, questo feticcio... è la tua forza. La tua flessibilità è la tua forza. Non ti spezzerai. Qualunque cosa accada.» Pronunciò quelle parole ferocemente, quasi come desiderando che fossero vere. O come se mi stesse programmando per essere in grado di gestire un disastro imminente.

E immaginavo che ce ne sarebbe stato uno.

Perché aveva intenzione di uccidere mio padre.

Ma non avevo più dubbi sul fatto che mi avrebbe lasciata andare. Probabilmente ora mi stava preparando all'addio.

«Dopo aver ucciso mio padre, mi lascerai andare?» sentii il bisogno di chiedere.

Rimase fermo dietro di me. «Sei forte, Kat» ripeté. «Starai bene, qualunque cosa accada.» Rimasi in silenzio a rielaborare le sue parole nella mente. Ci avevo letto un addio, che aveva attirato la mia attenzione iniziale, ma ora stavo davvero pensando a quello che aveva detto. Che avevo un feticcio. E che era un punto di forza, non una debolezza.

Mio padre mi aveva fatta volare in un altro continente per piazzarmi in una scuola privata femminile inglese. Tutto perché uno dei suoi uomini mi aveva sorpresa a fare un lavoretto di mano a un ragazzo dietro casa. Mio padre mi aveva chiamato puttana. Si era infuriato, aveva imprecato e mi aveva maledetta. *Mia figlia non si prostituirà in quel modo. Non ti sarà permesso tornare fino a quando non avrai dimostrato di sapere come comportarti.* Quindi gli avevo dimostrato di sapere come comportarmi… male.

Avevo interpretato la cattiva.

Ora Adrian mi stava dicendo che sotto quella facciata ero davvero brava?

Era per quello che faceva così male quando mi chiamava così?

Adrian uscì delicatamente e si spostò. Rotolai verso di lui, odiandomi per essere così bisognosa.

Stava sul lato del letto a togliersi il preservativo, ma si girò come se avesse percepito la mia debolezza.

«Tutto bene?»

Sostenni il suo sguardo e annuii.

«Hai fame?»

Scossi la testa. «Ho sonno» dissi. Era vero. Mentre il rilassamento post-orgasmico mi avvolgeva, sentii di potermi addormentare.

«Anch'io.» Adrian si sbarazzò del preservativo e tornò a letto. Scostò le coperte e mi ci infilò sotto, e poi salì accanto a me. La sua dolcezza mi travolse.

«Facciamo un pisolino insieme?»

Per la prima volta, vidi sugli angoli delle sue labbra un'espressione insolita. *Da.* Vieni qui.» Mi mise su un fianco rivolta con le spalle verso lui, m'infilò un braccio sotto il collo e mi avvolse l'altro intorno alla vita. «Comportati bene, Kateryna. Ho il sonno leggero.»

Voleva essere un avvertimento, ma per una qualche ragione non fece altro che riscaldarmi il cuore. Forse stavo ancora celebrando in modo ridicolo il fatto che ci stessimo coccolando. Stavamo facendo un pisolino pomeridiano.

Sì, sapevo di essere sciocca. Sapevo di essere in una situazione terribile che sarebbe finita in modo orribile. Ma ritenevo anche reale qualsiasi cosa fosse appena accaduta tra me e Adrian – qualunque cosa stesse ancora accadendo o fosse in procinto di accadere ora. Era tutto vero. Non mi stava prendendo in giro. Avevamo condiviso un momento reale, e ne stavamo avendo un altro proprio in quel momento.

Per la prima volta nella mia vita, quel senso di ricerca di qualcosa che non riuscivo a trovare – quel vuoto che la ceramica aveva iniziato a riempire – era completamente soddisfatto.

Avevo trovato il mio centro. Ero riuscita in qualche modo a rimettere insieme i pezzi con sesso degradante e brutale e una sculacciata. Mi sentivo integra perché la situazione era riconoscibile per quello che era. Era un accordo. Un accordo.

Un feticcio, come lo chiamava Adrian. Credevo di avere un feticcio.

E ce l'aveva anche Adrian. E diceva che era la fonte della mia forza.

La cosa che avevo sempre pensato fosse rotta dentro di me avrebbe potuto essere la mia più grande fonte di potere.

Non ero sicura di come funzionasse, ma in qualche modo sentivo che era vero.

Accoccolai il culo nella culla dei suoi fianchi, girai la schiena. Il respiro di Adrian soffiava caldo sulla mia nuca. Chiusi gli occhi. Per quanto folle potesse sembrare, sentivo fin dentro le ossa che ero destinata a stare proprio lì. Proprio lì tra le braccia di Adrian Turgenev, dove mi sentivo centrata e forte.

CAPITOLO SEI

Lucy

«Papà!» gridò Benjamin battendo la manina contro la porta chiusa dell'ufficio di Ravil. «Vuoi il papà?» chiesi prendendolo in braccio, pronta a distrarlo.

«Può entrare» urlò Ravil dall'ufficio.

Aprii la porta e misi giù Benjamin, perché scalciava e si agitava tutto per essere liberato. Aveva appena imparato a camminare, e non ne aveva mai abbastanza.

Si diresse verso Ravil in quella che sembrava l'andatura di un ubriaco, accelerando poi rallentando nella sua navigazione nella forza di gravità per ritrovare l'equilibrio. Il viso normalmente impassibile di Ravil si aprì in un sorriso gigantesco e allargò le braccia. «Vieni qui, tesoro» disse in russo.

«Papà!» Benjamin ripeté la sua prima parola, quella che illuminava suo padre come un albero di Natale ogni volta che la sentiva. Il cuore mi si gonfiò guardando il piccolo arrivare alla scrivania, dove Ravil lo prese e lo lanciò in aria.

E pensare che mi ero quasi persa tutto quanto. Avevo cercato di tenere nostro figlio lontano da suo padre. Non volevo che lo conoscesse perché faceva parte della bratva. Ogni volta che pensavo a quale triste e vuota esistenza io e Benjamin avremmo vissuto in quel momento se i miei piani fossero andati in porto, mi veniva voglia di piangere. Ovviamente non l'avremmo considerata triste né vuota, perché non avremmo conosciuto la differenza. Avrei continuato a farmi il culo nello studio legale di mio padre, cercando di dimostrare qualcosa a tutti i *mansplainer* presenti. Benjamin avrebbe avuto una tata a badarlo mentre io lavoravo a lungo, e avrei giudicato il tutto sufficiente.

Ma *sufficiente* rispetto a *tutto* era, in effetti, un'esistenza desolante. Avevo dovuto solo scendere a compromessi sulla mia superiorità morale a proposito della *mafia* russa. Avevo dovuto rendermi conto che l'amore è più forte del pregiudizio e del cercar di far sì che le cose si adattassero allo spazietto pulito cui pensavo che la mia vita dovesse assomigliare.

Ravil lanciò Benjamin ancora e ancora, poi lo coccolò con un grande abbraccio.

«Per quanto ne hai ancora?» chiesi.

«Ho finito.» Si alzò ma si strofinò la fronte, dicendo che aveva un peso nella testa. Era il leader della bratva e un maschio alfa, quindi convincerlo ad ammettere che qualcosa lo infastidiva poteva essere difficile, ma valeva la pena provare.

«Che succede?»

Ravil mise giù nostro figlio, che andò prontamente alla libreria per tirar fuori tutti i libri. I neonati sono piccoli uragani che attraversano le stanze lasciando totale devastazione sulla loro scia.

Lo tirai via di lì, ma Ravil disse: «Lascialo giocare. Non romperà nulla.» Si strofinò di nuovo la fronte. «Adrian non risponde alle mie chiamate.»

Adrian era un nuovo membro della cellula di Ravil. Il giovane che aveva contribuito a riunirci quando Ravil mi aveva assunta per difenderlo.

«Pensi che sia nei guai?»

«No. Non ancora. Comunica con Dima. Penso che mi stia evitando perché sa che il suo piano non è sicuro.»

«Si sta isolando.»

«Precisamente, e se fallisce potrebbe portare una valanga di merda su tutti noi. Non che avrei problemi a eliminare Poval da solo. Ma non mi piace essere messo all'angolo.»

«Il suo piano lo conosci?»

«Più o meno. Se te lo dico, però, diventi complice.»

«Rapporto di riservatezza tra avvocato e cliente» risposi.

Avevo rappresentato Adrian l'ultima volta che aveva commesso crimini per inseguire lo stesso uomo. L'uomo responsabile di aver portato schiave del sesso russe nel Paese per venderle al mercato nero.

«Ha preso la figlia di Poval, una studentessa universitaria in Inghilterra. La tiene in ostaggio.»

Rimasi sgomenta. «Oddio.»

«Conosci Adrian.» Ravil incrociò e sostenne il mio sguardo per rassicurarmi. «Non le farà del male.»

Annuii, inspirando per calmare il cuore che correva all'impazzata. Desiderai non averlo chiesto. Era terribile. Ma mi aggrappai alle parole di Ravil, che ero sicura fossero vere: Adrian non le avrebbe fatto del male.

«Ironico, no? Rapire una donna per punire un rapitore di donne...» considerai.

«Lo so. Penso che questa fosse la sua intenzione. Vuole che Poval si senta come si sentiva lui quando è sparita Nadja.»

«Oddio.» Ora ero *io* a strofinarmi la fronte.

«Già. Quindi ho cercato di rintracciarlo. Prima che si metta in una situazione di cui si pentirà profondamente.»

«Potrebbe essere troppo tardi.»

«Lo so» disse Ravil tristemente. «E il problema è che Poval potrebbe essere invischiato con la bratva, con altre cellule. Quindi Adrian potrebbe calpestare i piedi della nostra stessa organizzazione. Gli guarderò le spalle, ma potrebbero esserci complicazioni e conseguenze. Quindi che non risponda alle mie chiamate mi sta facendo incazzare.»

Benjamin trascinò un libro verso Ravil e glielo porse con orgoglio. «Papà.»

«Spasibo.» Sul viso di Ravil tornò un ampio sorriso quando accettò il regalo. Mi sciolsi, come facevo ogni volta che lo guardavo con nostro figlio. Cogliendo il mio sorriso innamorato, mi afferrò e mi tirò sulle sue ginocchia.

«Pronta a farne un altro?» Mi morse il seno attraverso l'abito avvolgente color smeraldo che avevo messo oggi per il lavoro. Avevo uno studio privato ora, e accettavo solo i casi che mi interessavano, perché il denaro non era una preoccupazione, così come non lo era nemmeno la corsa per diventare socia del mio ex studio.

«No!» risi.

«E quando?» chiese Ravil.

«Uno non basta?» Stavo invecchiando, il che significava che in futuro le gravidanze avrebbero potuto essere più difficili. «Secondo te?» chiese con dolcezza.

Pensai a come si sarebbe comportato Ravil con una

figlia, e tutto in me si sciolse di nuovo. Avevo ancora paura che il suo passato, e talvolta anche il presente ancora discutibile, ci rovinassero, ma sapevo che prestava attenzione. Soprattutto ora che aveva una famiglia.

«Dammi altri sei mesi» dissi. «Prima devo svezzare questo qui.»

Ravil trascinò una mano sul mio interno coscia, tracciando l'orlo del mio vestito mentre si muoveva. «Faremmo meglio a iniziare ad allenarci, allora» borbottò.

«Come se non lo facessimo già...» Mi uscì una risata roca.

Avere un bambino era stato intenso, ma la nostra vita sessuale non aveva mai accusato il colpo. Avevamo tonnellate di aiuto. Valentina, la nostra tata e governante russa, era disponibile ogni giorno, e l'attico pullulava comunque di zii e zie bratva adoranti.

«Dobbiamo intensificare l'allenamento» insistette Ravil, sfiorando con la punta delle dita il tassello delle mie mutandine.

Mi girai e mi misi a cavalcioni della sua vita. «Hai ragione» mormorai contro le sue labbra. «Più ci alleniamo, meglio è.»

~

Adrian

SONNECCHIAI PER UN'ORA E MEZZA, poi mi alzai, lasciando Kat addormentata mentre le assicuravo con cura i polsi al letto senza disturbarla. Quando controllai il telefono, vidi un messaggio di Ravil: *Chiamami.*

Non ne avevo alcuna intenzione. Non potevo. Tuttavia, mi pentii di aver fatto incazzare il *pachan* in questo modo.

Mi vestii e andai al supermercato a prendere alcune cose, tra cui la cena.

Non avevo programmato di rimanere a casa.

Sulla strada del ritorno, risposi alla chiamata ricevuta da Fëdor, il mio contatto bratva locale.

«Fëdor, sono Adrian» gli dissi in russo. «È tutto pronto?»

«*Da*. Hanno ricevuto la metà del pagamento. Il posto per te sulla nave merci è confermato. Ha attraccato ieri sera. Domani vengono caricati tutti i nuovi carichi.»

«*Spasibo*. E il furgone e la cassa?»

«Li lascerò stasera, e metterò le chiavi sulla gomma del lato del conducente. Vai al molo dalle dieci del mattino. Ti manderò un messaggio con il numero del tuo container di spedizione. Quando arrivi, chiedi di Rodion e portagli abbastanza sterline in modo che possa corrompere gli ispettori perché non controllino il container tuo. Entraci e ti caricheranno. Una volta che la nave sarà salpata, ti faranno sapere quando puoi uscire e ti daranno una stanza con cuccette.»

«Grazie di nuovo.»

«La bratva si prende cura della bratva.»

Lo ringraziai e agganciai, poi entrai e trovai Kat in uno stato semi-isterico, che cercava di liberarsi le mani strattonando. Non stava urlando, però, cosa che era la mia più grande paura. Avevo lasciato la televisione a volume alto, ma temevo che cercasse di svegliare un vicino.

«Vacci piano, *detka*.» Lasciai cadere le borse sul bancone e andai da lei per tagliare la fascetta che le teneva i polsi legati al letto.

«Devi *togliermele*» sbuffò, gli occhi bagnati di lacrime di rabbia.

«Vorrei potermi fidare di te, Kateryna, ma non posso.»

Le tenni i polsi, odiando quanto sembrassero costretti e doloranti. «Vieni qui. Hai fame? Ho preso la cena.»

La spinsi nel cucinino per mostrarle cos'avevo preso. Era merdaccia surgelata, ma sarebbe andata bene. Avevo preso un gelato gourmet per dessert, speravo che le piacesse.

«Quale vuoi?» Frugò tra le borse con le mani legate e tirò fuori il flacone di balsamo per capelli che avevo comprato. Quando si girò verso di me, era serissima. «Mi hai comprato il balsamo.»

«Da.»

«Mi hai comprato...» Deglutì. «Sei stato davvero gentile.»

«Non darmi del gentile.» Glielo strappai dalle mani e lo misi sul bancone. «Non sono quel tipo di ragazzo.»

Tirò fuori la scatola di preservativi che avevo comprato e le sue labbra si curvarono in un sorriso soddisfatto. Presi dalle sporte le varie opzioni di cena e agitai una mano indicandole. «Quale vuoi?» Scelse la pasta congelata confezionata e io strappai il coperchio di plastica per metterla nel microonde.

«Ooh, Häagen-Dazs.» Tirò fuori il gelato e ispezionò il cartone. «Cioccolato, il mio preferito.»

Grugnii, ma dentro di me fui sollevato di aver scelto qualcosa che le piaceva.

«Posso farmi un'altra doccia?» chiese. «Intendo stasera, con il balsamo. Altrimenti i capelli mi si annoderanno tanto che dovrò tagliarli.»

Ero abbastanza sicuro che mi stesse prendendo per il culo, ma cosa ne sapevo io? Non avevo mai avuto i capelli lunghi.

«Aspetta fino a domattina» le dissi. «Per oggi ho lottato sotto la doccia con te a sufficienza.»

«Sì... ho capito.» Rimase docilmente in cucina con

indosso la mia camicia. C'era qualcosa di perfetto e molto simile a una bambola in lei. I grandi occhi azzurri. Le labbra a cuore perfette. Il modo in cui mi portava al limite, cedeva e ricominciava.

Avevo la strana fantasia di tenerla. Mi chiedevo come sarebbe stato averla nella cucina di casa mia, cercando di ottenere qualcosa che voleva.

Era il tipo di ragazza da controllare il suo uomo tanto da fargli spostare montagne solo per un suo sorriso. Ma poteva fare tutto, con la sua remissività. Non era una dominatrice. Era il tipo che si lasciava guidare ma che rispondeva in modo insolente.

Si incupiva, metteva il broncio e faceva capricci adorabili.

Se fosse stata la mia ragazza, probabilmente le avrei dato tutto ciò che voleva. Una cena a base di bistecca. Un anello di diamanti. La testa di qualcuno su un piatto. Ma, naturalmente, quella nave non sarebbe salpata mai. Per prima cosa, a casa mia ci viveva Nadja. Nadja, la mia sorella distrutta e rovinata. Il motivo per cui ero in quel Paese. Il motivo per cui non ci sarebbe mai, mai stato un futuro che vedeva me e Kateryna Poval nello stesso quadro.

«Dove hai imparato la lingua?» chiese Kat mentre prendevo la cena dal microonde.

«In America.»

«Ah sì? E dove?» Mi guardò bene. Sapevo che stava cercando di mettere insieme i pezzi. Non avrei dovuto dirle nulla. Lo sapevo bene. Ma le avevo già detto il mio nome. Volevo che suo padre lo sapesse, prima di morire per mano mia.

«A Chicago.»

«Ah sì? Mio padre visse lì alcuni anni.» Lo disse innocentemente, appoggiando un'anca snella contro il frigorifero, ma sapevo che era a caccia di informazioni.

«*Da.* Visse lì fino a quando non ho bruciato la sua fabbrica e sono andato a prenderlo a casa sua. E poi è scappato.»

Aprì le labbra, gli occhi spalancati e vigili.

Dannazione. Non avrei dovuto dirle tanto. Non avevo bisogno di renderle difficile la situazione più di quanto non fosse già.

«Scusa» dissi. «Non c'era bisogno che lo sapessi.»

Lei rabbrividì, ma sollevò il mento. «Dubito che sia scappato da te. Mio padre non scappa da nessuno. È molto più spietato di te, fidati.»

Sembrava leggermente più amareggiata che orgogliosa, e qualcosa nel mio petto si spostò. La scomoda consapevolezza che avrebbe potuto non essere la principessa del crimine che presumevo che fosse. Non viziata come Sasha, la moglie di Maxim, che era la figlia del *pachan* di Mosca. Forse aveva sofferto anche lei, per mano di suo padre.

«Ti ha fatto del male?» le chiesi, mentre la tensione mi attraversava come un'arma mortale. Colsi quella vulnerabilità che mi faceva venire voglia di uccidere draghi per lei.

Deglutì e poi scosse la testa. «È un uomo crudele. Non ha abusato di me fisicamente, ma non mi ha mai dimostrato amore. Mi sembra di deluderlo e disgustarlo.»

«Allora è uno sciocco.» Odiavo ancora di più quell'uomo. Per una nuova ragione ora. Perché Kateryna non avrebbe mai dovuto essere scartata o non apprezzata. Era una giovane donna preziosa come una gemma scintillante, era brillante, divertente e piena di vita.

Il microonde emise un segnale acustico e le diedi le spalle per aprirlo e prenderle il piatto fumante. Presi una forchetta per mescolarlo.

«Hai ragione» ammisi. «Non è scappato da me. Se n'è

andato perché l'FBI si stava avvicinando alla sua operazione. Credo di avergli rovinato le indagini con l'incendio, cosa di cui mi pento.»

Ancora una volta, le stavo dicendo troppo. Non era da me dir troppo. Di sentimenti, piani, i dettagli della mia vita. Se le cose fossero andate male, avrebbe avuto tutte le informazioni di cui aveva bisogno per rintracciare la bratva di Chicago. Ma qualcosa in Kat mi faceva venire voglia di mettere tutto ai suoi piedi. Di offrirle quei frammenti per compensare quello che le stavo facendo. Il fatto che la stessi coinvolgendo. Quello che avrebbe significato.

Alzai il contenitore. «Vuoi sederti?»

Scosse la testa. «Stare in piedi fa bene. Sono sul letto da tutto il giorno.»

Non mi scusai. Che senso avrebbe avuto, comunque? Feci invece spallucce e rimasi in piedi anch'io. Presi un boccone di pasta e salsa bianca con la forchetta e soffiai, portandolo alle labbra per assicurarmi che non fosse troppo caldo prima di portarglielo alla bocca.

Si lasciò imboccare, tenendo lo sguardo fisso sul mio viso. Il cazzo mi divenne duro quando quelle belle labbra si chiusero intorno alla forchetta.

Non capivo se stava cercando di essere seducente o semplicemente non poteva farne a meno. E non era solo che la sua bocca mi ricordava quanto fossero incredibili quelle labbra allargate intorno al mio cazzo. C'era qualcosa di sexy nel nutrirla. Nel sapere che non poteva mangiare se non per mano mia.

Il mio dolce animaletto domestico in cattività mi affascinava con quegli occhi azzurri brillanti e la sua sottomissione.

Forse ero stravagante come lei.

Sì, sicuramente. Perché ora che avevo provato il gusto di giocare a dominare, era difficile immaginare che il sesso potesse essere soddisfacente senza quella dinamica. O era solo difficile immaginare il sesso con un'altra donna ora? Esattamente come Kat, che aveva rotto gli schemi sui partner sessuali per me.

«So cosa sei» disse poi tra un boccone e l'altro.

Non risposi.

«*Mafia* russa.»

Le offrii un altro boccone, ancora eccitato da quel semplice atto.

«Ho ragione, non è vero?» Le tornò un po' di vitalità. Il lato da performer di Kat. Ora riuscivo a vedere dei frammenti della ragazza che ballava sui cubi per attirare l'attenzione.

«*Da.* La *bratva.*»

«Che cosa significa? *Fratellanza?*»

«*Da.*»

«Ed è a questo che servono i tatuaggi. Rappresentano i tuoi crimini?»

«I crimini e l'organizzazione. Il nome della nostra cellula.»

«Come si chiama?»

Non avrei dovuto dirglielo, ma comunque mi sfuggirono le parole. «Bratva di Chicago.»

Mi derise. «Non è proprio un nome. È una descrizione geografica.»

«Il mio *pachan* non ha un talento drammatico. Mantiene le cose semplici.»

«Cos'è il *pachan*? Il leader?»

«*Da.*»

Masticò lentamente, spostandosi a piedi nudi. Dovevo distrarmi ogni volta che le guardavo le gambe. Saperla nuda sotto l'orlo della mia maglia, ricordare come ci si sentiva a conoscere intimamente quella parte più dolce della sua carne, mandò una nuova ondata di lussuria direttamente al mio cazzo.

Inoltre, non avevo un feticcio per i piedi, ma se lo avessi avuto i suoi sarebbero stati in grado di farmi venire. Erano delicati e carini, con unghie perfettamente dipinte di un rosa Barbie.

«Ti ha mandato lui qui? A catturarmi?»

«No.»

Le tolsi una goccia di sugo dal labbro e la leccai. Il suo sguardo seguì i miei movimenti, e mi venne voglia di immergere il pollice nella sua bocca e vedere quanto lo avrebbe succhiato.

«Quindi questo non è un affare della bratva?»

Scossi la testa. «È personale.»

«Riguarda tua sorella?»

«Esatto.»

«Aspetta, aspetta, aspetta.» Alzò entrambe le mani legate. «Pensavo che i membri della bratva russa dovessero tagliare tutti i legami con la famiglia.»

«Vero. Sarebbe dovuta andare così. Ma il mio *pachan* non applica questa regola. Le cose sono diverse in America, lontano dai metodi della vecchia patria.»

Ancora una volta, stavo dicendo troppo. Dovevo stare zitto. Smettere di interagire con lei. Stavo perdendo il mio vantaggio in tanti modi. Ma in effetti avevo perso il mio vantaggio nel momento in cui avevo deciso di prenderla dal rave invece di attenermi al piano originale. Almeno entro domani, quando saremmo stati sulla nave.

«Vivi a Chicago.» Lo disse come una riflessione, non una domanda. «Da quanto tempo?»

«Basta domande, *detka*.» Le diedi un altro boccone.

«Voglio andare in America. Per tutto il tempo in cui mio padre è stato lì l'ho pregato di farmela visitare, ma non l'ha mai fatto.»

«Ti stava proteggendo.» Non mi piaceva difendere suo padre, ma sembrava ferirla. «La sua operazione in America è stata brutta. Niente da cui vorrebbe che la sua bambina fosse toccata.»

Tirò fuori la lingua per leccarsi un po' di sugo dalle labbra, e mi fece venire voglia di baciarla fino a farle perdere i sensi. Strano pensare che ero stato tra le sue gambe – due volte – ma non avevo ancora baciato quella bella bocca. Ma questo perché non stavamo mica insieme. Non eravamo nemmeno amanti, anche se avevamo fatto sesso. Eravamo un rapitore e una prigioniera che avevano condiviso alcuni intermezzi.

«No. È solo che non gli piaccio.»

«Questo non può essere vero» le dissi, anche se il fatto che lo avesse detto creò un terremoto nel mio mondo. Non perché fossi preoccupato che Poval potesse non rispondere al mio messaggio su di lei. Sapevo che lo avrebbe fatto. Ma mi dava fastidio che lei ci credesse. «Ha pagato una fortuna per mandarti nella scuola privata che hai frequentato. E non puoi dirmi di aver mai avuto bisogno di qualcosa. Ti ha tenuto protetta e al sicuro. Gli importa, ed è proprio così che lo dimostra.»

Gesù, ora lo difendevo pure. Sicuramente non era una posizione che volevo prendere.

«Mi ha mandato qui per punizione.» Scosse la testa quando le offrii un altro boccone. «Ho finito, grazie.»

Mi stava ringraziando perché l'avevo nutrita dopo averle immobilizzato le mani. Era così dannatamente dolce…

Mi infilai la pasta rimanente in bocca in poche grandi cucchiaiate.

«Per cosa ti ha punita?» chiesi a bocca piena.

Mi guardò con un lampo di sfida nello sguardo, come a

voler vedere come avrei reagito. «Per aver fatto un lavoretto di mano a uno quando avevo tredici anni.»

Forse pensava che sarei rimasto scioccato. E invece no. Era assolutamente in linea con lei, e non avevo alcun pregiudizio sulla sua ipersessualità, ora che mi ci ero abituato.

Avrei solo voluto dare un pugno in gola a tutti gli stronzi che si erano approfittati di lei. Meritava di essere trattata come una dannata principessa, ma temevo che attirasse su di sé l'esatto opposto.

Curvai leggermente le labbra. «Certo che sì.»

Mi restituì il sorriso, posseduta da un'insolita timidezza.

«Beh, tuo padre è un cazzone, quindi consideralo un dono il fatto di averti privata della sua brutta presenza.» Sollevai il mento verso il letto. «Torna a letto, *detka*.»

«No. Sono stufa di quel letto.»

«Mi dispiace, *princessa*. Se devo portartici io, tornerò a legarti mani e piedi.»

Tirò fuori la lingua, prima di andare via e fare come le era stato detto.

«Brava.»

Riscaldai un'altra cena congelata per me e la mangiai tenendola d'occhio. Si alzò dal letto per recuperare il telecomando e iniziò a scorrere i canali sul televisore.

Accesi il computer per controllare i messaggi di Dima, e trovai le sue istruzioni complete su come inviare messaggi dal laptop al telefono di Leon Poval quando ero sulla nave facendo in modo che sembrassero provenire dal telefono di Kat ma non fossero comunque rintracciabili.

Grazie, Dima, cazzo.

Kat si alzò e andò verso il punto del pavimento in cui si trovava la sua borsa.

«Il tuo telefono non c'è più» le dissi. «L'ho distrutto.»

«Non voglio il telefono. Ho bisogno del lucidalabbra. E delle caramelle gommose.»

La seguii, perché era vicina alla porta e non mi fidavo di lei.

«Ho preso anche le caramelle gommose» le dissi. «Te ne darò un po' domani.»

Strizzò gli occhi. «Cosa succede domani?»

Ragazza intelligente. «Nessuna domanda, *detka.*»

Si girò e andò lentamente verso il bagno. La seguii per assicurarmi che lì dentro non prendesse qualcosa per tagliare le fascette. La guardai fare pipì e lottare con la carta igienica, ma senza aiutarla. Fece un casino per lavarsi le mani. Se non fossi stato un tale cazzone, l'avrei aiutata. Sicuramente non sarei rimasto a guardare solo perché lo trovavo divertente. Certo, sapeva di essere carina. Si alzò in punta di piedi e si appoggiò al lavandino, piegandosi dalla vita. La maglietta salì nella parte posteriore, ed ebbi una visione completa di quel bel culetto, che lei spostava da un lato all'altro mentre cercava di capire come aprire e chiudere l'acqua.

A un certo punto sollevò persino un ginocchio, assicurandosi che io ricevessi un buon assaggio di quella morbida carne rosa tra le sue gambe. Quando finì, mi schizzò.

«Mi annoio.»

∼

Kat

ADRIAN MI GUARDÒ con la sua aria burbera, ma riuscii a vedere il rigonfiamento nei pantaloni. Gli era piaciuto il piccolo spettacolo che avevo messo su per lui. Lasciai ricadere i polsi legati per strofinare i pollici lungo il rigonfiamento. «Se stiamo solo ammazzando il tempo, perché non farlo insieme?» feci le fusa.

Mi prese i polsi e li sollevò, tenendoli tra di noi. «Vorrei potermi fidare di te, Kateryna.»

«Beh, non puoi, ma questo non significa che non possiamo divertirci di nuovo.»

Si convinse. I suoi occhi si incupirono e il suo cazzo si gonfiò ancora di più dietro la cerniera. Non ero una mera studentessa ossessionata dal sesso. Stavo solo combattendo con l'arma che sapevo usare meglio: il mio corpo.

Detto ciò, fare sesso con Adrian Turgenev non era certo difficile. Era sexy e brutale, ma anche premuroso a letto. Generoso, persino.

«Andiamo.» Agganciai un dito al passante della sua cintura e lo tirai verso il letto. Quando ci arrivammo, riuscii ad aprire il bottone con i pollici prima che prendesse lui il sopravvento e si slacciasse i pantaloni. Mi misi in ginocchio per mostrargli quello che volevo. Mi scostò i capelli dal viso e scese a sedersi sul bordo del letto, liberando l'erezione dai boxer. Mi lanciai sul suo cazzo. Come se la mia vita dipendesse da quel pompino, cosa in effetti possibile.

Era più probabile, però, che vi dipendesse la vita di Adrian. Insomma, più pensavo alla situazione, più mi rendevo conto di quanto fosse probabile che si concludesse con la morte di Adrian o di mio padre.

Molto probabilmente di Adrian.

Era un ragazzo. Mio padre aveva centinaia di uomini che lavoravano per lui e milioni di dollari in più per pagarli. Inoltre, mio padre era spietato. L'avevo visto uccidere un uomo a mani nude. Sapevo che non c'era alcuna possibilità che si presentasse da solo a un incontro per riavermi. Sarebbe stato pronto a uccidere Adrian e chiunque fosse con lui.

Quindi, anche se mi fossi fidata completamente di Adrian e avessi creduto che non mi avrebbe fatto del male – cosa di cui ero sicura all'ottanta per cento– dovevo scappare.

Dovevo deviare il suo piano. O dissuaderlo. Dovevo fare qualcosa. Impedire quel disastro ferroviario.

Così incollai gli occhi ai tratti duri del suo bel viso e lo presi più in profondità possibile in gola, un po' più lontano ogni volta. Mi impegnai a rilassare il riflesso del vomito per farlo andare più in profondità. All'inizio la sua espressione rimase velata. Di sasso, anche. Ma quando iniziò a perdere il controllo, vidi uscire il vero Adrian. Mi accarezzò la guancia con il pollice, mi prese il viso. «Che bello, *malyška*» mormorò. «Bellissimo.»

Coprii i denti con le labbra e ondeggiai su e giù sopra la cappella per un po', poi lo feci fremere, ma cambiai ritmo e lo presi di nuovo profondamente. Con le mani legate, usai i pollici per massaggiargli le palle, quindi massaggiai ancora più indietro, dove presumibilmente si trovava la ghiandola prostatica.

«Brava. È bellissimo.»

Di nuovo quella parola. Quella che mi faceva bagnare ed emozionare. Non che non fossi già incredibilmente eccitata nel dargli piacere. I miei capezzoli colpirono la morbida Henley, e dimenai i fianchi nel tentativo di ottenere sollievo.

Affondò una mano nel colletto aperto dell'Henley e giocò con il mio capezzolo. Il suo tocco fu inizialmente persuasivo. Una carezza morbida che diventava più brutale man mano che si avvicinava all'orgasmo. Mi prese la nuca e mi tirò su e giù, forzando la mia testa verso il basso e verso l'alto.

Mi piaceva un sacco. Se non mi fossi fidata di lui, mi avrebbe spaventata. La perdita di controllo. Soffocare con il suo cazzo quando andava troppo in profondità. Ma c'era qualcosa di caldo in tutto ciò. Io in ginocchio con le mani legate. Lui che mi costringeva.

Sapevo che non mi stava davvero forzando, ma stavamo camminando un filo.

«Kat... sto per venire» mi avvertì. Lasciò andare la mia testa, forse per darmi la possibilità di staccarmi.

Non mi fermai. Succhiai forte, anche se la mascella mi faceva male perché era aperta da tanto. Gridò qualcosa in russo e mi scese in gola, e io ingoiai la sua essenza salata. Bruciò un po', ma ne adorai il sapore. Amai sapere di averlo fatto venire. Adorai il modo in cui mi aveva toccata mentre lo facevo.

«*Bljad'*, Kat.»

Finii di succhiare e lui mi accarezzò il viso.

«Brava.»

Mi sedetti sui talloni e lo guardai. «Lo dici sempre dopo un pompino?»

«Cosa?»

«Dici a tutte brava?»

Scosse la testa. «*Net*. Mai. Solo a te.»

«Perché sai che mi piace?»

Fece spallucce. Aspettai ancora, ma quello fu tutto ciò che aveva da offrire.

«Vieni qui.» Si alzò e mi tirò su.

«Dove?» Invece di rispondere, mi condusse verso la cucina, dove afferrò il balsamo che aveva comprato.

«Ah, posso fare la doccia, quindi?»

«Ti lavo io» disse burbero.

La mia figa si strinse e i capezzoli formicolarono. Aveva detto che... *mi avrebbe lavata?* Che... *sexy*. E dolce. E decisamente caldo. Lasciai che mi conducesse in bagno, dove mi tagliò la fascetta sui polsi e mi tolse la maglia.

«Vai avanti.» Sollevò il mento verso la doccia. Aprii

l'acqua e aspettai che si riscaldasse mentre lui si toglieva i vestiti. Entrò in acqua e io lo raggiunsi, desiderosa di toccarlo. Felice di avere i polsi liberi. Lo accarezzai con i palmi sul petto muscoloso, emettendo un ronzio di approvazione mentre lo toccavo.

Mi prese i polsi e li esaminò, accarezzandomeli con i pollici, portandone uno alle labbra per baciare via i lividi. «*Mne žal'.*»

Era abbastanza simile al *meni škoda* ucraino da permettermi di riconoscere le scuse. «Lasciami andare» mormorai tracciando con le dita il tatuaggio sui suoi bicipiti.

La sua espressione si chiuse; non che prima fosse aperta. «*Mne žal'*» ripeté.

«Mio padre ti ucciderà» sussurrai. «Come pensi che si sentirà tua sorella allora?»

La sua espressione divenne decisamente di pietra – e se avessi dovuto scegliere una pietra, sarebbe stata l'ossidiana.

Ossidiana nera.

«Potrà anche uccidermi» ammise. «Ma lo porterò con me.»

Lacrime calde bruciarono nei miei occhi. «Adrian, non sarebbe meglio se entrambi viveste?» Alzai la voce per la frustrazione.

«*Net*. Non per tutte le ragazze…» si interruppe.

«Cosa?» sussurrai, sapendo di non voler sentire quello che mi stava nascondendo. Mi stava proteggendo? O proteggeva sé stesso?

«Quali ragazze?»

Scosse la testa e mi prese le spalle, spingendomi di nuovo sotto il getto d'acqua.

«Inclina la testa all'indietro.»

Obbedii. Sapevo che non sarei andata oltre, con lui. Aveva un'idea ostinata sulla vendetta e non pensava di poter essere convinto del contrario. Ma avrei continuato a provare. Avrei insistito sul punto di vista della sorella. Quale donna avrebbe voluto che il fratello morisse per vendicarla? Non potevo credere che lo volesse. Ma poi dimenticai tutti gli argomenti che stavo mettendo silenziosamente insieme nella testa perché Adrian si spostò dietro di me e mi spinse in avanti, fuori dal getto dell'acqua. Dopo avermi versato lo shampoo sui capelli, iniziò un massaggio lento e sensuale del cuoio capelluto.

Chiusi gli occhi e gemetti dolcemente.

Mi faceva stare benissimo. Non fu sexy come mi aspettavo. Fu più tenero. Premuroso. Erano delle scuse, credevo. Gli dispiaceva di dovermi coinvolgere. O credeva di dovermi coinvolgere.

Non avevo nessuno che si prendesse cura di me così da anni. Forse da quando mia madre se n'era andata. Mio padre usava i soldi per mantenermi, ma non era la stessa cosa. Non era amore. Non era gentilezza. Non era questo.

Mi avvolse con un braccio forte intorno alla vita e mi mosse delicatamente all'indietro, di nuovo sotto il getto, e mi mise le dita tra i capelli per risciacquarli. Quindi uscimmo dal getto e applicò il balsamo.

«Ancora» mormorai, perché non era abbastanza. Ne aggiunse di più. I miei capelli erano un pasticcio aggrovigliato, quindi lo aiutai a metterlo fino alle punte. «Aspetta» gli dissi quando cercò di spostarmi di nuovo sotto l'acqua. «Ci vogliono alcuni minuti.»

Grugnì e raccolse una saponetta, che strofinò tra i palmi delle mani. Iniziò a insaponarmi lentamente dalle spalle e si spostò fino a ogni singolo polpastrello. Poi scese giù per la schiena, su per la pancia per pulire il seno. Si inginocchiò sulle piastrelle per lavarmi le gambe fino alle dita dei piedi, poi si alzò e riservò al mio culo grande attenzione. Passò il sapone intorno ai glutei. Tra di loro. Giù tra le mie gambe. Stava dietro di me e accarezzava le parti della mia signorina mentre l'altra mano mi impastava il seno.

«Ok» sussurrai, non perché volevo che si fermasse ma perché l'acqua stava iniziando a raffreddarsi. Passai sotto la doccia e mi risciacquai, e lui si unì a me, accarezzandomi i lunghi capelli, passando i palmi delle mani sulla mia pelle bagnata. Quando l'acqua divenne fredda, lui la chiuse e io mi girai verso di lui.

«Tu mi trovi carina» dissi quando abbassò le palpebre per guardarmi. Stavo cercando un complimento o una conferma di ciò che pensavo fosse vero. Ero bisognosa, come al solito.

«Certo, sei bellissima.» Mi cullò la parte posteriore della testa e mi tirò dritta contro di lui, sollevando la mia faccia verso la sua. Le sue labbra si librarono sulle mie, morbide e sensuali, in contrasto con i tratti forti del suo viso. «La bellezza non è il tuo potere. Non è questo corpicino caldo.»

Volevo che si fermasse. Non mi piaceva. Volevo sentire quello che volevo io. E non era quello.

Mi toccò il cuore. «Questo è il tuo potere.» E poi mi baciò. Era il nostro primo bacio, e fu bruciante. Gli avvolsi le braccia intorno al collo, sollevandomi sulle punte per approfondirlo. Mi prese il culo con la mano libera, tirandomi ancora più forte mentre la sua lingua mi spazzava tra le labbra. Fui frenetica in quel bacio, lo desideravo come il prossimo respiro. Intrecciai la lingua intorno alla sua, cambiai angolazione, mi scagliai contro di lui.

Che cosa intendeva dire che era il mio potere? Il mio cuore? La mia essenza?

Ero confusa dalla cosa, ma non mi dispiaceva. Forse temevo di ricevere una critica che mi avrebbe ferita.

Come quando Delaney mi chiedeva se ci fosse un significato nella mia vita al di là del sesso. Ma mi aveva *aiutata* a cercare soddisfazione in altre sfere come la ceramica.

«Ti sembra che abbia bisogno di essere salvata?» chiesi allontanandomi.

Ero senza fiato per il bacio, ma dovevo saperlo. Mi vedeva debole? Spezzata?

«E io?» mi chiese in risposta.

Sbattei le palpebre, portando le dita sul suo bel viso. *Sì.* Non lo dissi ad alta voce. Sì, aveva bisogno di essere salvato da mio padre. Da sé stesso. E lo avrei salvato io.

Sarei stata la sua salvatrice.

E lui poteva essere il mio salvatore.

Perché, per quanto odiassi ammetterlo, per quanto Delaney avesse cercato di farmi capire che non avevo bisogno di salvatori né di qualcuno che si prendesse cura di me o che mi comandasse, era esattamente ciò che volevo.

Volevo un uomo che mi legasse e mi nutrisse come se fossi il suo animaletto. Che mi lavasse i capelli ma anche me li tirasse. Chi mi asciugasse le lacrime anche quando era lui a farmi piangere.

Forse ero squilibrata, ma era quella la mia perversione. E Adrian si adattava perfettamente al modello al punto da far male.

E, naturalmente, mi piaceva il dolore.

«Sono pronta» gli mormorai.

Aggrottò le sopracciglia. «Pronta a cosa?»

«Pronta a farmi fare cose depravate da te.»

Contrasse le labbra e si lavorò uno dei miei capezzoli tra il pollice e l'indice. Lasciò ricadere lo sguardo sul cazzo, duro e rigido tra di noi. «Bene. Sono pronto anch'io.»

CAPITOLO SETTE

Nadja

MI SFORZAI di calmare il respiro mentre ci avvicinavamo al Rue's Lounge, il pub dove la band di Flynn e Story suonava il giovedì sera.

La folla non faceva per me. Evitavo di andare in posti dove qualcuno avrebbe potuto accidentalmente toccarmi. Il peggio, però, erano le folle notturne nei luoghi in cui le persone bevevano. Perché le possibilità di essere toccata salivano alle stelle.

Ma ci ero andata con Majkl, il portiere del Cremlino. Mi avrebbe protetta da attenzioni indesiderate. Sembrava feroce come Oleg, il gigantesco fidanzato muto di Story con muscoli sporgenti e tatuaggi rozzi a coprirgli le braccia.

Sapevo che Adrian lo aveva incaricato di tenermi d'occhio mentre era via, e aveva fatto un buon lavoro. Sapevo anche che Adrian probabilmente aveva minacciato di tagliargli le palle se mi avesse toccata.

Non mi guardava nemmeno negli occhi.

Onestamente, anche se mi sentivo al sicuro con lui, non ero a mio agio. Ma in fondo, ero a disagio con la maggior parte delle persone, quindi non era insolito. Persino Adrian sapeva peggiorarmi le cose. Era come se si stesse aggrappando al mio trauma ancora più saldamente di me. Io volevo lasciarlo andare, ma sembrava difficile dato che lui che non voleva.

Diavolo, sapevo bene che in quel momento era a caccia dell'uomo che riteneva responsabile dei miei quattro mesi di puro inferno.

Come se uccidere un uomo potesse portare via il male dal mondo. Come se fosse stato un solo uomo a torturarmi. Un solo uomo a toccarmi contro la mia volontà. Erano stati tantissimi. Ma Adrian non poteva dare la caccia a tutti, così inseguiva il loro leader. Uno che probabilmente neanche sapeva della mia esistenza.

Era sciocco, davvero. Probabilmente pericoloso.

Entrammo e cercai di impedire al mio sguardo di zoomare dritto verso il palco. Invece, cercai i tavoli lì vicino, dove sapevo che Oleg si sarebbe parcheggiato in anticipo, con la sua presenza ingombrante a segnalare a tutti la sua rivendicazione sulla cantante degli Storytellers. Gli altri vicini dell'edificio si sarebbero uniti a lui. Li trovai subito: Nikolaj e la sua ragazza, Chelle, erano seduti con Oleg insieme a Sasha e Maxim. I fratelli bratva di Adrian e le loro donne.

Ero fortunata che avesse trovato una comunità così affiatata. Che mi avessero accolta nonostante le mie fobie e la mia sfiducia. Tuttavia, non li sentivo amici.

Proprio come facevano con Adrian, mi guardavano con pietà. Ricordavano i miei primi mesi al Cremlino, quando urlavo e mi aggrappavo alla barra dell'ascensore quando Adrian cercava di farmi uscire. Stavano attenti con me. Erano compassionevoli.

Comprensivi.

Soffocanti.

Alla fine, mi permisi di guardare verso il palco. La musica non era ancora iniziata, ma i membri della band si stavano preparando.

Il microfono scoppiettò e crepitò quando il fratello di Story, Flynn, lo accese e lo urtò contro le labbra. «*È arrivata Nadja*» gridò.

Le piccole ali attaccate al mio cuore iniziano a battere e svolazzare.

Flynn indossava un berretto in maglia azzurra e una t-shirt vintage dei Dead Kennedys. Sapevo che era vintage perché l'avevo sentito dire da una fan l'ultima volta che l'aveva indossata. Apparteneva a suo padre, un popolare musicista locale degli anni Ottanta.

Feci un timido sorriso verso di lui e lo salutai, gesto che fece girare le groupie che si erano presentate presto, che mi fissarono con odio totale.

Flynn era l'unica persona a non presumere che fossi fragile. A farmi dimenticare quanto fosse diventata piccola e fragile la mia vita. Era la ragione per cui ero riuscita a convincermi a uscire. Adrian aveva cercato per mesi e mesi di convincermi a lasciare l'appartamento e il palazzo. Uscivo dall'appartamento solo per pulire l'edificio, perché il *pachan* di Adrian mi aveva offerto un lavoro e volevo contribuire.

E mi ero imbattuta nel bellissimo e spensierato Flynn, che aveva appena finito le prove della band. Lui rappresentava tutto ciò che non ero io, era senza pesi. Felice. Fiducioso in modo scherzoso e semplice. Mi aveva invitata a venire a sentire la band, e io mi Kennedy ero ritrovata – incredibilmente – ad accettare. Mi ero sentita improvvisamente disposta a impegnarmi per migliorare la mia conoscenza della lingua. Mi ci erano volute ancora diverse settimane, e avevo abortito i tentativi di presentarmi allo spettacolo, ma alla fine l'avevo fatto. Ora venivo ricompensata ogni volta dall'apparente gioia di quel ragazzo d'oro di vedermi.

Non sapeva chi fossi né cosa mi fosse successo.

Pensava che fossi una normale ragazza emigrata dalla Russia. E, sinceramente, era proprio quello il regalo più grande. Quasi non volevo conoscerlo meglio, perché una volta scoperta la mia storia mi avrebbe trattata con i guanti, come tutti gli altri. E, solo per ora, mi piaceva avere una persona che mi facesse sentire normale.

Io e Majkl occupammo due posti al tavolo di Oleg. Scossi la testa e sorrisi timidamente a tutti, evitando il contatto visivo e la possibilità di chiacchierare.

«Nadja, sei uscita!» esclamò Sasha, allargando le braccia. Era sempre esageratamente esuberante, e la cosa mi faceva sentire ancora più piccola.

«Sì.»

Nikolaj si sporse in avanti. «Notizie di Adrian?» Rimase vago, ma sentii della tensione dietro la sua espressione.

Tutti mi chiedevano di Adrian. Erano preoccupati, pensai, ma non volevano che lo sapessi. «L'ho sentito stamattina. Sta bene.»

«Gli hai detto che Ravil…»

«*Da.*» Feci roteare la testa. «Gliel'ho detto. Ha detto che lo avrebbe chiamato.»

Nikolaj aggrottò le sopracciglia.

«È nei guai?»

Il cipiglio scomparve. «Adrian?» mi beffò. «No. È capace di prendersi cura di sé stesso. Starà bene.»

«Mi stai mentendo?» Essere mentalmente instabili

aveva dei vantaggi. E uno consisteva nell'essere eccessivamente diretta, quando mi andava.

Lo sguardo della fidanzata di Nikolaj, Chelle, si spostò sul viso di Nikolaj per sentire la sua risposta. Lui esitò, e il mio cuore iniziò a battere.

Maxim rispose per lui. «Si sa che prende decisioni avventate in determinate situazioni. Vogliamo solo essere sicuri che abbia la possibilità di parlare dei suoi piani con me o con Ravil o con qualcuno con una testa di livello che possa aiutarlo a valutare i rischi.»

Mi sforzai di deglutire e annuire.

Decisioni avventate.

Rischi.

Il sangue iniziò a battermi nelle tempie e mi sentii un po' stordita.

Adrian era nei guai. Oddio, cosa sarebbe successo se gli fosse accaduto qualcosa a causa mia? Non sarei stata in grado di andare avanti.

Sasha diede una gomitata a Maxim. «L'hai fatta preoccupare» lo accusò. Poi a me disse: «La bratva gli copre le spalle. Niente andrà storto.» Stavo tremando, però. Mi sentivo un po' stordita.

Probabilmente era il caso di andare. Qualcuno mi toccò la spalla e io saltai, pronta a urlare fino a quando non udii di nuovo il mio nome.

«Nadja.» Flynn stava in piedi dietro di me con un sorriso tutto fossette sul viso. C'erano due fan in piedi dietro di lui che cercavano di attirarne l'attenzione, ma lui era concentrato solo su di me.

Inspirai profondamente. Avevo ancora le vertigini, ma ora per un'altra ragione.

«Flynn.» Si chinò e posò la guancia sulla mia per un bacio di lato. Del tipo in cui le labbra baciano l'aria ma i volti si toccano.

«Sono contento che tu sia riuscita a venire.» Per un bollente secondo, la terra mi tremò sotto i piedi. Sapeva che soffrivo di agorafobia. Ma poi mi resi conto che si riferiva solo al concerto. Non al fatto che fossi uscita.

«Certo» dissi come se avessi una vita sociale attiva. «Mi piace sentirti suonare.»

«Ciao, Flynn.» Una fan ci interruppe.

Lui la ignorò. «Ehi, c'è una festa dopo, se ti va…»

«No» ringhiò Majkl accanto a me, e avrei voluto ucciderlo, anche se sapevo che non sarei mai stata in grado di gestire una festa notturna.

Flynn alzò le sopracciglia e guardò verso Majkl. «Scusami, state insieme?» Alzò i palmi. «Non volevo assolutamente…»

«No» dissi rapidamente. «Mi ha solo dato un passaggio.»

«Beh, posso farti io da accompagnatore alla festa.»

«Nessuno la accompagna da nessuna parte» ringhiò Majkl.

«Calmati, muscoli. Era così per dire.»

Anche se era più asciutto di Majkl, e aggraziato dove Majkl era rigido e duro, improvvisamente pensai che Flynn non si sarebbe tirato indietro se avessero dovuto lottare per me.

Lo sguardo acuto di irritazione che indirizzò a Majkl era carico di più aggressività di quanta ne avessi mai vista da parte sua.

«Calmi, ragazzi» disse Maxim con tranquillità, senza variare la postura rilassata. A Majkl disse: «Nadja sta bene.»

Era la prima volta che qualcuno lo diceva da molto tempo. Fu rinfrescante. Persino rinvigorente.

Mi spostai la treccia sulla spalla e rivolsi a Flynn un

sorriso genuino. «Stasera non posso, ma magari un'altra volta…»

«Sì. Certo.» Sostenne il mio sguardo un attimo sfoggiando con quel suo sorriso da pirata, e tutto in me divenne caldo e fuso.

«Flynn, la festa dov'è?» La rompipalle dietro di lui ci riprovò.

Avrei voluto mandarla a fare in culo, ma anche se lo avessi fatto ce ne sarebbero state altre cinque pronte dietro di lei. Ed era per quello che, anche se avevo imparato a gestire l'agorafobia, non avrei mai potuto riaccendere le mie speranze su Flynn.

Era un puttaniere totale. Un playboy. E più popolari diventavano gli Storytellers, più groupie gli lanciavano le mutandine sul palco. Era la personificazione stessa di un cuore spezzato.

Mi strinse la spalla e ammiccò prima di girarsi per rivolgersi al suo harem, e io nascosi il rossore abbassandomi a rovistare nella borsa in cerca del telefono.

Ok. Flynn era una fantasia, e quello era il regno in cui doveva rimanere. Avvicinarsi di più l'avrebbe rovinata. E in quel momento avevo bisogno di tutta l'evasione possibile.

Adrian

DIEDI A KAT un'altra pillola gommosa e le tirai su le mutandine. L'avevo fatta venire due volte, una con la lingua, l'altra con il cazzo. Era completamente beata, ma io avevo mal di stomaco.

Non potevo credere di fare la stessa cosa che le avevano fatto quei *mudak* al rave. La stessa sordida merda che era stata fatta a Nadja. Ma era il modo migliore che riuscivo a trovare per tenerla tranquilla mentre la portavo sulla nave.

Avevo un piano. Era dannatamente fragile, ma era l'unico che la mia coscienza potesse accettare. Un piano in cui la rendevo almeno in parte consenziente. E purtroppo, darle le caramelle gommose al CBD per l'ansia faceva parte del piano.

Lo stesso valeva per il sesso.

Mi mossi velocemente, vestendo Kat con la sua micro gonna, il reggiseno e una delle mie magliette. Era morbida e compiacente come una bambola di pezza. Le sue mani erano ancora libere – l'avevo lasciata dormire senza le fascette – ma la situazione stava per cambiare.

«Va bene, *malyška*. È ora di muoversi. Devo rimetterti le fascette, solo per un po'.»

«No.» Fece il broncio, ma non c'era lotta dietro le parole. Era molle – di cattivo umore. Le presi i polsi e li baciai prima di farla rotolare su un fianco e allacciarle le mani dietro la schiena.

Ecco la parte più pericolosa del piano. La parte in cui molte cose sarebbero potute andare storte. Non potevo permetterle di emettere alcun suono né di liberarsi.

Le strinsi un'altra fascetta intorno alle caviglie e lei ansimò di indignazione esagerata. «Cosa fai, Adrian?»

«Ce ne andiamo» spiegai di nuovo. «Se ti comporti bene, arrivati a destinazione posso liberarti.»

«Non mi comporterò bene» minacciò.

Mi investì una scarica di affetto, e quando si mescolò col senso di colpa fui tentato di abortire l'intera missione. Ma no. Non potevo. Ci ero così dannatamente vicino, ormai. Inoltre, lei sapeva tutto di me. Stupidamente, da idiota, le avevo dato ogni dettaglio, in modo che suo padre potesse venire a cercare me e la Chicago Bratva. Non c'era modo di fermarsi adesso. Non fino a quando non fosse morto.

«Lo so, *detka*.» La accarezzai con il pollice la curva della guancia. «Ma so gestirti.»

Ecco cosa le piaceva. Comportarsi male e farsi punire dolcemente. Stavo usando quella perversione contro di lei – no, per lei – non lo sapevo nemmeno più.

Stavo usando la sua perversione per cercare di far funzionare le cose.

Bože moj, speravo proprio che funzionasse.

Traumatizzarla sarebbe stato imperdonabile.

La lasciai sul letto e ruotai verso il letto la grande cassa che Fëdor aveva consegnato con il furgone.

L'avevo portata dentro la notte prima, mentre dormiva. Allo stesso tempo, avevo ripulito la casa da tutte le nostre impronte digitali e il DNA.

Spalancò gli occhi e scosse la testa. «No, no, no, no.»

«Va bene, *malyška*.» Raccolsi il corpicino che si contorceva e protestava e lo ruotai per farla stendere delicatamente nel morbido letto di carta triturata che si trovava all'interno della cassa.

«Ecco cosa faremo. Faremo finta che ti sto facendo passare un po' di tempo in gabbia prima della punizione.»

Si fermò per un momento, lo sguardo blu spalancato.

«Cosa?» gracidò. I capezzoli le si tesero sotto la mia maglia bianca. Ne sfiorai uno leggermente con il pollice.

«È un gioco, *detka*. Hai fatto la cattiva. Ti metto in gabbia per farti aspettare lì la tua punizione.»

«N-no.» Capii che aveva cambiato atteggiamento, a seguito del suggerimento. Gli occhi si dilatarono, le labbra si aprirono.

Annuii con fermezza. «Ho bisogno che tu faccia la brava.»

«No, Adrian.» Aveva paura. Certo che sì. Le caramelle

gommose sembravano calmarla, però. Il suo corpo rimase relativamente rilassato. «Non puoi.»

«Per favore, Kateryna. Non voglio minacciarti né metterti fuori combattimento. Sta' al gioco con me.»

Fissò gli occhi su di me, scrutando il mio viso. «Dove andiamo?» Scossi la testa e le legai il bavaglio intorno alla bocca. «No!» urlò.

«Solo fino a quando non sarai nel furgone.» Le infilai un maglione, in modo che non prendesse freddo, chiusi il coperchio della cassa, presi il mio borsone e finii rapidamente di pulire l'appartamento da eventuali impronte o DNA, prima di portarla fuori. Poi chiusi la porta con la chiave, che lasciai sotto il tappetino per il padrone di casa.

Non appena caricata la cassa nel furgone – grazie ai montacarichi, cazzo – ne aprii il coperchio e le tolsi il bavaglio mettendole un dito sulle labbra.

«Vedi? Puoi fidarti di me, no?» Lo sguardo sorpreso di Kat sfrecciò sul soffitto del furgone e tornò al mio viso.

«Fai la brava» La lasciai sul retro senza coperchio e chiusi il portellone, quindi corsi verso il lato del conducente. Mi squillò il telefono e controllai lo schermo.

Ravil.

Rifiutai la chiamata, anche se sapevo che l'avrei pagata cara, quando lo avessi rivisto.

Se lo avessi rivisto.

Controllai sotto il sedile anteriore del furgone e scoprii che Fëdor mi aveva lasciato una pistola, come gli avevo chiesto. La infilai nella tasca della giacca.

«Adrian?» Il tono impaurito della voce di Kat mi fece gelare il petto.

«Sono qui. Resterò con te tutto il tempo. Non ti sto vendendo. Non ti lascio. Va bene?»

«È il momento della gabbia» disse debolmente, e il sollievo mi attraversò.

Le avevo chiesto molto pretendendo che trasformasse la situazione in una fantasia sessuale e non in un momento di terrore, ma ci stava provando.

Guidare nel Regno Unito era una totale rottura di palle, per via della guida a destra, ma ce la feci. Arrivai al molo, dove montai sul retro del furgone.

«Ti rimetto il bavaglio, *malyška*. Dopo la gabbia, ti darò tutto ciò di cui hai bisogno. *Da?*»

Chiuse gli occhi e canticchiò dolcemente come se si stesse impegnando per evitare di impazzire.

«Brava» mormorai. Le rimisi il bavaglio e poi chiusi il coperchio.

Speravo dannatamente che funzionasse.

Scaricai la cassa dal furgone e la portai davanti al mio container. Il ragazzo di nome Rodion era lì, ad aspettarmi. Gli diedi duecento sterline, e lui lo aprì e mi fece entrare con la cassa, chiudendo dietro di me. Rimossi immediatamente il coperchio in modo che Kat mi vedesse.

«Sono ancora qui» dissi, come se la mia presenza fosse di conforto per lei. Come se non fossi io quello che la teneva legata in una cassa in attesa di salpare per l'America. Cercò di parlare con il bavaglio, ma le tenni il dito sulle labbra.

«Devi tenere il bavaglio ancora per un po'.» Le accarezzai il viso e leggermente il seno, cercando di rendere la situazione piacevole invece che spaventosa. Sembrò funzionare. Dopo pochi minuti, emise un leggero gemito e chiuse gli occhi. Passai la mano sul suo culo poco vestito, apprezzandone la forma con il palmo. Così la tenni rilassata e calma per più di un'ora, quando il container venne finalmente sollevato e caricato sulla nave merci. Una volta lì, le tolsi il bavaglio. Aprì le palpebre.

«Dove siamo?» La sua voce suonò rauca. Armeggiai

nella borsa alla ricerca di una bottiglia d'acqua e la misi seduta per permetterle di bere. «Su una nave?»

«Sì.»

Aveva gli occhi spalancati e inorriditi. Si guardò intorno. «Perché?»

È stato così che mia sorella è stata portata in America.

Non glielo dissi, però.

La mia idea originale di rimettere in scena, o per lo più fingere di rimettere in scena tutte le cose fatte a Nadja ora sembrava orribile. Ma cosa mi era venuto in mente?

L'intero piano stava iniziando a sembrare improbabile.

Era quella la vera ragione per cui non richiamavo Ravil? Perché ero sicuro che mi avrebbe detto di abortire la missione? Che ero fuori di testa?

Maledizione.

Ora non solo ero fuori di testa, ma avevo trascinato Kat con me. La selvaggia, dolce, bella Kat. La ragazza che stava rapidamente diventando qualcosa di prezioso per me. Anche se non eravamo ancora al sicuro, tirai fuori il coltello e le liberai polsi e caviglie.

«Vieni qui, *malyška*.» Mi allungai per sollevarla. Invece di approfittare del mio aiuto per uscire, mi si aggrappò addosso come un koala, avvolgendomi le gambe sottili intorno alla vita e seppellendo la faccia nel mio collo.

«Scusa, Kateryna. So che è stato terribile.»

«Sì» concordò, ma non sembrava poi così sconvolta.

La strinsi rimanendo in piedi, dondolandola come se fosse una bambina bisognosa di conforto. Dopo un momento, disse: «Voglio giocare alla gabbia con te, però.»

Mi sfuggì una risata dal petto. «Bene. Perché avremo parecchio tempo da ammazzare su questa nave.»

«Dove stiamo andando?»

«In America.»

«Mio padre non è in America.»

I miei sensi si affinarono. «E dov'è?»

«Se te lo dico, mi lasci andare?»

Presi in considerazione l'idea solo per un attimo.

«*Net.*» Impossibile. Non sarei mai riuscito ad avvicinarmi a lui senza lei come esca.

«Perché no?» Sembrò offesa.

«Non ti renderò responsabile della morte di tuo padre. Non è giusto.»

«E questo è giusto, invece?» Iniziò a scalciare e io la misi in piedi. Mi guardò. «Penso che tu abbia una concezione contorta di cosa è giusto e cosa è sbagliato, Adrian.»

Kat

IL TORMENTO NELL'ESPRESSIONE di Adrian mi disse che era d'accordo. Il suo conflitto interiore era così palpabile che potevo praticamente toccarlo. Onestamente non sapevo se mi ero arresa alla cassa per le caramelle gommose al CBD che mi aveva dato o perché mi aveva praticamente pregata di non oppormi.

In realtà aveva cercato di sedurmi perché stessi zitta.

Non ci aveva provato, ci era riuscito, ricordai.

Quell'esperienza sarebbe stata pane per i denti della dottoressa Delaney. Ci saremmo occupate della mia sindrome di Stoccolma per anni, ne ero sicura.

La verità era che ero eccitata dalla fantasia della gabbia. Adrian sapeva come prendermi. Già quel fatto da solo sarebbe stato probabilmente una ragione sufficiente per seguirlo su una nave per l'America. O per saltare giù da una scogliera, se me lo avesse chiesto. Con lui, sapevo che la soddisfazione era possibile. Una soluzione al bisogno che mi consumava da quando ero stata mandata via da casa.

In quel momento, si sentì un botto nel container di metallo in cui ci trovavamo, e, con uno stridio che mi fece digrignare i denti, la porta si aprì.

Adrian si lanciò verso di me, bloccandomi contro la sua solida figura e coprendomi la bocca con la mano. C'era un uomo sulla porta: aveva una camicia sporca macchiata di sudore e una barba trasandata. Puzzava di alcol stantio, del tipo che passa attraverso i pori dalla sera prima. Si fece avanti, il suo sguardo indugiò sul mio vestito da studentessa e su Adrian che mi teneva prigioniera, e divenne bramoso. Se mai avessi pensato di chiedere aiuto a lui – cosa che, per la cronaca, non avevo fatto – avrei abbandonato il pensiero nel momento stesso in cui avessi visto quello sguardo. Il ragazzo parlò con Adrian in russo – qualcosa sul fatto di mostrarci la nostra stanza – e Adrian grugnì e poi mi spinse in avanti. Seguimmo il ragazzo sul ponte di una nave da carico. Mi si rovesciò lo stomaco quando mi resi conto che eravamo già lontani dalla riva.

Dalla ceramica. Dal corso di storia. Dalla mia prima media decente. A quanto pareva stavo davvero andando in America.

In nave.

Adrian parlò con il membro dell'equipaggio, che si lanciò alle spalle un altro sguardo bramoso e rispose. Ci condusse giù per una rampa di scale di metallo fino a una piccola camera a con un letto. Adrian mi tirò dentro e chiuse la porta, prima di liberarmi.

«È questa la mia nuova prigione?» Guardai la stanzina. Era semplice, ma c'era un oblò sul mare con un sedile sotto.

Mi arrampicai e appoggiai la schiena contro il telaio, guardando fuori, verso l'acqua. Con un buon libro, avrebbe potuto essere un angolino carino. Potevo fingere di essere su uno yacht.

«Sì.» Adrian esplorò la stanza. «Non male» disse. «Avrebbe potuto essere peggio. Almeno abbiamo la finestra.»

«Vieni qui da me» lo invitai. Per la mia gioia, obbedì, saltando e appoggiando la schiena contro il lato opposto, le lunghe gambe accavallate sulle mie. «Allora… e la mia gabbia?» Feci finta di fare il broncio. «Hai detto che avrei ricevuto una ricompensa e un po' di tempo nella gabbia.» Ero stata in parte eccitata e in parte spaventata nella cassa. Non potevo credere di aver permesso che mi ci mettesse senza mai andare fuori di testa. Forse le caramelle gommose avevano aiutato.

Sarebbe stato facile demonizzare Adrian per la cosa, ma vedevo del bene in lui. Stava cercando di risparmiarmi un trauma. Forse ero sciocca e romantica, ma una parte di me non poteva fare a meno di credere che fosse un eroe incastrato nel ruolo del cattivo. Certo, era comunque una parte per cui si era offerto volontario.

Adrian mi rispose con un sorriso ferale. Era il primo, vero sorriso che vedevo da parte sua, e lo fece sembrare fanciullesco e bello in modo devastante.

«Per le prossime due settimane, ho intenzione di non fare nient'altro che usarti e abusare di te.»

Se non avesse sorriso, l'avrei presa in un modo completamente diverso, ma invece le sue parole accesero una fiamma incandescente di desiderio nel mio nucleo. Mi afferrò il polpaccio e fece scivolare la mano su e giù per la calza alta fino al ginocchio.

Per un momento, finsi che stessimo uscendo insieme. Che fosse il mio fidanzato, e che quella fosse la nostra vacanza in crociera. Il fidanzato amorevole che non avevo mai avuto. Certo, non sapevo nulla di Adrian Turgenev.

Non sapevo cosa facesse per vivere né i piatti che gli piacevano. Nemmeno il suo programma televisivo preferito.

Adrian mi tolse le scarpe, lanciandole una per una sul pavimento accanto alla cuccetta singola. Mi prese il piede e iniziò a massaggiarlo.

«Ti senti in colpa?» chiesi con un sorriso consapevole.

«Forse» disse.

«Dovresti.»

Lo prese come un dovere. «Ti meriti tutte le ricompense, *malyška*» mi disse. «Sei stata bravissima.» I miei seni si tesero, alle sue parole. O forse fu il suo tocco, perché il massaggio del piede era paradisiaco.

«E quali sono le ricompense?»

«Beh, non sono male a fare massaggi ai piedi.» Ora aveva messo entrambe le mani all'opera. Era proprio incredibile. Ma poi iniziai a chiedermi a chi avesse massaggiato i piedi. Dove aveva pur imparato. Avrei voluto uccidere ogni ragazza che avesse mai sedotto con quel sorriso scanzonato e quei pollici fermi che si muovevano lungo i polpastrelli delle mie dita.

«A chi massaggi i piedi?» chiesi, cercando di non sembrare gelosa come mi sentivo.

«Massaggiavo sempre quelli di mia madre» disse. «Era malata di cancro, e questa era una cosa che potevo fare per lei.»

«Mi dispiace» dissi. «Ce l'ha... ce l'ha fatta?»

«No.»

«Quanti anni avevi quando è morta?»

«Quattordici. Nadja solo dieci.»

«Quanti anni hai adesso?» chiesi.

«Ventisei.»

«E tuo padre? È vivo?»

Adrian fece un debole cenno del capo. «È un ubriacone. Iniziò a bere quando mia madre era malata. Ora praticamente è ubriaco tutto il tempo.»

«Mi dispiace.»

Fece spallucce. «È così e basta.»

«Avevo nove anni quando mia madre scomparve» gli dissi.

Adrian aggrottò la fronte. «Cosa intendi per *scomparve*?» Abbassò le sopracciglia, come conoscendo già la risposta.

Feci spallucce. «Mi piace pensare che sia scappata. Ma non lo so. Ci sono molte cose che non so di mio padre e di cosa è capace.» Non l'avevo mai detto prima ad alta voce. Non avevo mai espresso l'orribile paura che avevo che fosse stata lui la ragione per cui lei aveva lasciato non solo me, ma forse il pianeta.

«Kataryna» disse Adrian dolcemente, con lo sguardo pieno di empatia.

Mi vennero le lacrime agli occhi e scossi rapidamente la testa per scacciarle.

«Lo so, lo so: *povera bambina ricca*, giusto? Tutti danno per scontato che la figlia del signore del crimine sia una principessa coccolata che vive una vita incantata. Ma ti dico che è una vita fottutamente solitaria. Non ho amici a questo mondo, Adrian. Nemmeno uno.»

Ma cosa stavo facendo? Non riuscivo a credere di auto-commiserarmi davanti a Adrian, uno che avrei voluto impressionare senza mettermi in imbarazzo.

«Impossibile» affermò, fissandomi con lo sguardo nocciola intenso come se volesse renderlo vero. Voleva convincermi del contrario.

«È vero» gli dissi. «Perché pensi che mi imbarcassi in rapporti occasionali con sudati ragazzi dei rave? O che mi stia innamorando di uno che mi tiene prigioniera?»

Ops. Oddio, l'avevo detto ad alta voce?

Dovevo aver perso la testa.

Adrian smise di respirare, con gli occhi spalancati e spaventati.

Agitai una mano sprezzante. «Scherzo. Non intendevo quello che pensi.»

Un profondo cipiglio gli solcò il viso. «Sono qui per usarti. Per farti del male, Kateryna.»

Incrociai le braccia in modo protettivo sul petto e piegai le spalle. «Sì. Lo so. Ma io sono una masochista, quindi mi piace. Non è un grosso problema.»

L'espressione di Adrian era a dir poco torturata. Si passò le dita tra i capelli. «Sì. Sto cercando di rendertelo meno doloroso, Kat. Ma alla fine...»

«Alla fine, qualcuno deve morire.»

«Non tu» disse rapidamente.

«Lo so.» Mi bruciava il naso, e lo strofinai per scacciare le lacrime, guardando fuori dall'oblò lo spruzzo di acqua grigio-blu all'esterno.

«Se sopravvivo, Kat» iniziò Adrian. Non volevo guardarlo perché faceva troppo male, ma finii per farlo comunque. «Mi...»

«Cosa?» gracidai.

«Cioè, non vorresti o non avresti bisogno di questo, ma...»

«Dillo e basta, Adrian.»

«Mi prenderò cura di te.»

Un suono strozzato mi uscì dalla gola e mi buttai dall'altra parte del sedile, sotto il finestrino, mandando il mio corpo a sbattere contro il suo.

Non era un abbraccio, ma mi piazzai addosso a lui in posizione fetale, curva su un fianco contro il suo petto. Strinse le braccia forti intorno a me, ed emise un respiro tremolante. Sentii le sue labbra sulla mia testa.

«Non voglio che tu lo faccia» dissi con voce lacrimosa. Era vero e non era vero allo stesso tempo.

In realtà ero inorridita da quanto mi risultasse attraente la sua offerta.

Avrei davvero voluto che mio padre morisse così che Adrian dovesse assumersi la mia responsabilità? Naturalmente si stava offrendo solo per senso di colpa e responsabilità. Voleva che sapessi che non sarei morta di fame per strada se avesse ottenuto la sua vendetta.

Non stava mica dicendo che mi avrebbe sposata.

Che sarebbe stato il mio paparino.

Che mi avrebbe portata a casa. Beh, forse sì, mi avrebbe portata a casa. Ma sicuramente non avrei dovuto essere nemmeno lontanamente interessata o eccitata dalla prospettiva.

«Certo che no» disse burbero contro i miei capelli. «Ma se lo facessi...»

«Sei un buon cattivo.» Sollevai il viso bagnato per scrutarlo e poi mi infilai nel suo collo, dove gli baciai la pelle. Profumava di pino e pelle. Forza e determinazione. Gentilezza e coraggio. «Forse ti ucciderò» mormorai contro la sua pelle, solo perché pensavo che avrei dovuto combattere, e sapevo quanto fosse assurdo che non lo facessi.

Mi cullò la testa. La sera mi ero rifatta le trecce con i capelli bagnati, e lui me ne scostò una dalla spalla.

«Probabilmente mi ucciderai davvero» mormorò.

CAPITOLO OTTO

Adrian

«Sono pronto a mandare il messaggio» dissi a Dima. Avevo dovuto chiamarlo finché avevo ancora il segnale cellulare. Kat mi guardò dalla seduta del finestrino. Ero ancora in quella stanza perché non ero riuscito a convincermi a legarla di nuovo per lasciarla.

E poi non avevo davvero nulla da nasconderle ora. Eravamo sulla nave, non poteva scendere. Conosceva il piano.

«Sono riuscito a rintracciare la sua ultima posizione. Era a Malta.»

«Malta» ripetei guardando Kat in viso. Capii dalla sua rigidità che era vero.

Dima continuò: «Non riesco a craccare nessuna delle banche, ma ho quelle di lei spalancate. Potresti fargli trasferire denaro sul conto della figlia e io potrei trasferirlo immediatamente. Inoltre, potrei essere in grado di risalire al suo.»

«Può andare. Sei sicuro che non possa rintracciarlo?»

«Sono bravo in quello che faccio, Adrian.»

«Lo so, lo so.»

«Hai chiamato Ravil?»

«No.»

«Hai intenzione di tornare, Adrian?» chiese Dima tranquillamente.

Sbuffai. Ero sicuro solo al cinquanta per cento che sarei tornato a casa, a Chicago. Da Nadja. Ma non avevo davvero sentito la profondità di ciò che significava fino a quel momento. Mi strofinai la mano sulla mascella. «Sì» gli dissi. «Ma conosco i rischi.»

«Ravil e Maxim sono strateghi esperti. Perché non vuoi fargli gestire i tuoi piani?»

«Non voglio mettere in pericolo la cellula.»

Dima emise un verso gutturale di frustrazione. «E se mi rifiutassi di continuare ad aiutarti perché non ti sei messo in contatto con loro?»

«Lo sai che farei allora.»

«Continueresti da solo.»

«Sì.»

«Sei un bastardo testardo.»

Non risposi.

«Nadja non ha bisogno di questo, Adrian. Ha bisogno di averti qui. Se ti succedesse qualcosa, pensi che sarebbe in grado di andare avanti?»

Una familiare sensazione di terrore e rabbia mi attanagliò il petto quando pensai a Nadja. A volte non ero sicuro che avrebbe mai potuto condurre di nuovo una vita normale. «È stato lui a farle questo» gridai.

«Ucciderlo non cambierà la situazione.»

Mi si rivoltò lo stomaco, ma mi presi gioco di lui. «La tua donna ti ha reso debole» gli dissi. Dima l'autunno precedente era andato a convivere con una bella ragazza russa del nostro edificio.

E mi attaccò in faccia. Me lo meritavo.

Pazienza. Mi aveva già dato tutto ciò di cui avevo bisogno. Sapevo che avrebbe continuato ad aiutarmi, che obbedissi agli ordini di fare rapporto al *pachan* o meno.

Con il laptop digitai e inviai un messaggio dal numero di telefono di Kat al suo "papà". Allegai le sue foto insieme al sardonico messaggio, non in russo: *Non ti preoccupare. La tratterò bene come voi avete trattato le donne che avete tenuto in schiavitù.*

Rispose immediatamente. Lo visualizzai sullo schermo del laptop. *Falle del male e muori.*

Risposi, *Ops.*

Cosa vuoi?

Scrissi: *Voglio tagliarti il cazzo e dartelo da mangiare. Vederti morire lentamente. Far soffrire tua figlia come tu hai fatto soffrire centinaia di donne. Finalmente. Aspetto questo momento da tantissimo tempo. L'ho sognato. È davvero fottutamente soddisfacente.*

Chi sei? mi chiese Poval.

Anche se avevo detto a Kat il mio nome, improvvisamente mi sembrò sbagliato includere Nadja nella faccenda. Dire che ero suo fratello. Non volevo che rimanesse macchiata dalla merda che stavo facendo in suo nome.

Quindi dissi solo, *Rappresento tutte le donne che hai danneggiato.*

Lui replicò: *Lascia fuori mia figlia. Lei non c'entra niente con l'attività.*

Troppo tardi. Tua figlia è ora incatenata al mio letto. Se vuoi che la tenga in vita, deposita cinque milioni sul suo conto entro quarantotto ore.

Quando non lo vidi rispondere immediatamente, aggiunsi, *Te la restituirò personalmente quando avrò finito di usarla.*

Chiusi il portatile e guardai Kat. «È fatta. Tuo padre è stato avvisato.»

Si morse il labbro e distolse lo sguardo da me, per guardare fuori dalla finestra.

«Vado a prenderci qualcosa da mangiare, *princessa*.»

Presi una fascetta dalla tasca. «Ecco.» Gliela girai intorno al polso e lei cercò di darmi un pugno. Le presi la mano e la tenni ferma, poi legai un'altra fascetta al tubo che correva lungo il muro. «Solo una mano. Puoi rimanere qui a guardare fuori. Torno tra pochi minuti.»

«E se devo andare in bagno?» chiese petulante.

«Devi andarci?»

«No. Ma presto sì.»

«Ti ci porto io quando ne hai bisogno.»

«Vorrei darti un pugno in faccia» mi disse.

Le presi la testa e le baciai la tempia, anche se aveva appena minacciato di farmi del male. «Lo so.»

Esplorai la nave, trovai il bagno vicino alla nostra stanza, poi salii le scale fino al ponte e lo percorsi. Faceva freddo, il vento mi colpiva la camicia e mi faceva rabbrividire, ma adoravo l'odore dell'aria salata. Mi sentivo a mio agio sulle navi: ero cresciuto lavorando sulle banchine di Vladivostok e poi come ingegnere navale, dopo essermi laureato. In parte era quello il motivo per cui avevo scelto di trascinare Kat sull'oceano su una nave mercantile. Anche perché era quello che era stato fatto a Nadja.

Anche se ora quella ragione sembra irrilevante e debole.

Alla fine trovai la cucina e la mensa, dove cinque ragazzi, tra cui George, il membro dell'equipaggio che ci aveva fatti uscire dal container, stavano mangiando da delle ciotole. C'era una grande pentola di quello che sembrava chili russo, sul fornello. C'era anche una bottiglia di vodka mezza vuota sul tavolo, come se si stessero già dedicando alla sbronza serale.

«Ah, ecco il nostro clandestino» disse George in russo. «Adrian, vero?»

«Adrian, *da*.»

«Io sono Vladislav, il capitano.»

«Stepan.»

«Lev.»

«Grigor.»

Si presentarono tutti.

«Dov'è la ragazza?» chiese George. Avevo dei dubbi su quel ragazzo già quando ci aveva fatti uscire. Non mi piaceva il modo in cui guardava Kat. Come se fosse un pezzo di carne. Chissà perché avevo pensato di poterli gestire senza problemi, dato che erano russi. Non mi aspettavo che mi guardassero le spalle, ma almeno pensavo che sarebbero stati gestibili. Scosse gelate di avvertimento si stavano infiltrando sotto la pelle, però.

«Lei rimane nella nostra stanza.»

Grigor, il più grande, grugnì. «Quanto costa?»

«Non è in vendita.»

«Non voglio comprarla. Ma quanto costa farci un giro?»

Strinsi i pugni. Muri di rabbia mi circondarono. *Mudak* come questi avevano abusato di mia sorella. Cazzo, forse era stata anche su quella stessa nave!

«Per chi la conservi?» Gli occhi di George assunsero un curioso luccichio. «È vergine?»

Fu già tanto che non gli saltassi al collo proprio lì. A quello lì piacevano le vergini riluttanti? Doveva morire. Avrei voluto dirgli che non era una schiava del sesso, ma avrebbe mandato a puttane il mio piano. Se avessero sospettato che avevo una prigioniera da riscattare, avrebbero potuto cercare di scoprire chi pagava e ottenerne una parte. O peggio, vendermi.

Quindi dissi semplicemente: «Appartiene al capo. La vuole intatta.»

«Chi?» chiese il capitano. «Poval?»

Il cuore mi palpitò. Santo cazzo!

Riuscii a malapena a rimanere lucido dal tumulto di violenza che mi travolse. Dal ruggito nelle orecchie. Soffocai la bile che mi stava salendo in gola. Quella doveva essere la nave usata per trasportare le schiave in America. Quella che Leon Poval aveva usato per la tratta delle schiave del sesso!

Due pensieri mi vennero in mente contemporaneamente. Uno: potevo e volevo vendicarmi anche di quegli stronzi. Due: ero in grande pericolo. Perché se avessero scoperto che avevo la figlia di Poval, allora il gioco era finito e io ero un uomo morto. Considerai la possibilità di dire loro che si trattava di un altro capo. Di Ravil o del *pachan* Kuznec di Mosca. Ma invece grugnii semplicemente in modo affermativo e lasciai che pensassero che fosse Poval.

Speravo che avessero abbastanza paura di lui da non toccare Kat. Ora dovevo solo essere molto, molto sicuro che lei non avesse la possibilità di parlare con nessuno di loro.

∼

Kat

AVEVO CERCATO di liberarmi dalle fascette mentre Adrian non c'era. Avevo cercato di arrivare al suo laptop, da cui apparentemente era stato in grado di inviare messaggi a mio padre, senza alcun risultato.

Ritornò con due ciotole di una specie di stufato di carne o chili e mi liberò. Ci sedemmo nel nostro posticino vicino all'oblò per mangiare. Il cibo era cattivo, ma lo finimmo entrambi.

Adrian impilò la mia ciotola sopra la sua e le mise accanto a lui.

«Ti prego, dimmi che qui hanno del cioccolato Häagan-Dazs.»

Un accenno di sorriso apparve intorno alle labbra di Adrian.

«Magari» mi disse. «Ma ne dubito. Ti dirò cosa *hanno*.»

«Che cosa?»

«Vodka. Di quella ne hanno un sacco. Erano già a metà della riserva quando ho preso i piatti.»

«Dimmi di nuovo perché siamo su una nave… ah: ora sai che stiamo andando nella direzione sbagliata se vuoi arrivare a mio padre, giusto?»

L'espressione di Adrian divenne scontrosa, e pensai che non avrebbe risposto, ma dopo un momento, disse: «All'inizio pensavo che fosse un errore, ma ora penso che il destino mi abbia portato su questa nave.»

«Perché?»

Scosse la testa. «Sarà tuo padre a venire da me quando gli darò appuntamento.»

«Lo vuoi sul tuo territorio.»

Mi studiò. «Sei più preoccupata per me che per tuo padre, vero?»

Annuii. «Sì. Non che non sembri assolutamente competente per quanto riguarda l'omicidio…» Spostai lo sguardo sulle quattro X verdi delle sue nocche. «Quelle indicano degli omicidi?»

Non rispose, il che significava di sì.

«Pensi che tuo padre sia invincibile. È normale crederlo, per una figlia.»

«No, è logico considerato che sei un ragazzo con un'anima molto gentile nonostante il tuo comportamento da cattivo mentre mio padre ha eserciti di stronzi totalmente privi di anima.»

L'espressione di Adrian divenne acida, increspò il labbro superiore. Ora toccò a lui guardare fuori dall'oblò invece di me.

«Mi dispiace per tua sorella. Per Nadja.»

Spostò lo sguardo verso di me, e vidi un mondo di dolore nei suoi occhi. «Mi dispiace per la situazione. Di usarti in questo modo. È sbagliato.»

«Ma stai andando avanti lo stesso.» Lo dissi più come una dichiarazione che come una domanda.

Adrian annuì. «Non posso tornare indietro ora.»

«Sì che puoi» lo supplicai. «Non glielo dirò. Non dirò a mio padre chi sei. Inventerò un'altra storia. Gli dirò che ho mandato le foto per sconvolgerlo. Hai quelle in cui sorrido, giusto?»

Adrian si passò la mano tra i capelli. «Mi dispiace, *detka*. Devo finire questa cosa.»

Allungai la mano e intrecciai le dita con le sue. Lui le fissò, come confuso dal gesto. «Non voglio che tu muoia.»

Scosse la testa. «Non ho intenzione di morire, Kat. Ma vi sono disposto. E questo è probabilmente ciò che mi rende a prova di proiettile.»

I miei occhi si riempiono di lacrime. «Non crederlo.»

Mi afferrò e mi tirò verso il suo lato del sedile, sistemandomi tra le sue gambe, facendomi appoggiare all'indietro contro il suo ampio petto. Mi abbracciò. Respirai il suo profumo di pino e pelle. «Adrian?» dissi dopo un attimo di silenzio.

«Da?»

«Se dovessi riuscire...»

Rimase immobile, in ascolto. Il suo respiro mi soffiava sull'orecchio destro.

«Ti sei offerto di prenderti cura di me per senso di responsabilità.» Le sue labbra trovarono il mio orecchio, e ci giocherellò ma non rispose.

«Certo, sono responsabile» disse dopo un po', e desiderai strisciare in un buco e morire. Certo, Adrian Turgenev non voleva tenermi. Era assurdo anche solo sperare una cosa del genere. «Ma...»

Trattenni il respiro.

Mi uccise il fatto che non andasse avanti.

«Ma cosa?»

«Ma... se ci fossimo appena incontrati... se fossimo stati entrambi meri estranei a quel rave e ti avessi portata a casa...» Il cuore mi martellò nel petto così velocemente che pensai di essere in procinto di svenire.

«Sì?» soffocai.

«Non ti lascerei mai andare.»

Il respiro mi uscì con un singhiozzo acuto.

«Mai» ripeté.

E poi piansi. Lacrime vere. Non avevo alcuna spiegazione sul perché stessero cadendo, ma Adrian non si arrabbiò. Piegò le ginocchia intorno a me, così che fossi cullata non solo dalle sue braccia, ma da tutto il suo corpo, e mi baciò sulla testa, cullandomi delicatamente come una bambina.

«Ti terrei anch'io» gli dissi, con le lacrime che scendevano sul viso.

«Solo perché ti ho sculacciata.» La sua voce era divertita. Aveva un tono canzonatorio. Mi fece ridere e contemporaneamente piangere ancora più forte.

«Sì» dissi. «È stato divertente.»

«Lo farò di nuovo, *princessa*.»

«Davvero?» Gli tirai le braccia intorno a me in modo che mi stringesse di più, come una coperta di sicurezza che non avrei mai voluto lasciar andare.

«Ah-ah. Hai un culo molto sculacciabile.»

Gli tirai la mano tra le gambe, avendo bisogno di sentire qualcosa di diverso da quel dolore al petto. Mi mise la mano possessivamente sul monte di Venere e mi morse il collo. «Questo corpicino caldo ha bisogno di un po' di attenzione da parte mia?»

Mi dimenai contro la sua mano cercando di ottenere più attrito. «Sì» piagnucolai.

Mi spinse giù dalla sporgenza della finestra e scese accanto a me.

«Piegati sul letto, bambina.» Feci come mi aveva detto, piegandomi e appoggiando le mani sulla cuccetta. Presentandogli il culo.

Mi diede un leggero schiaffo, e io mi dimenai dal bisogno di averne di più.

Schiaffeggiò ancora un paio di volte, poi mi alzò la gonna corta e mi tirò giù le mutandine fino a metà coscia. Mi bagnai immediatamente.

«È questo ciò di cui hai bisogno?» chiese Adrian. «Hai bisogno che ti sculacci questo bel culo?»

Adoravo il modo in cui chiedeva sempre il consenso, anche se era dominante. Mi faceva sentire al sicuro.

«Sì» affermai. Non sapevo perché ne avevo bisogno. Delaney avrebbe tentato di guarirmi da questa sordida brama, ma io non volevo essere guarita. La adoravo assolutamente. E Adrian faceva tutto nel modo giusto. Era il mio eroe, anche se portava i panni del cattivo. Volevo che mi tenesse. Volevo essere la sua piccola schiava punita. O qualunque cosa voleva che io fossi finché stava esercitando la sua dominazione.

Mi strofinò il culo, poi lo afferrò con entrambe le mani

e piazzò un bacio su una natica. «Non sei troppo dolorante da prima?»

Un po' lo ero, ma adoravo sentirmi ben usata da lui. Adoravo ricordare quanto mi avesse fatta sentire completamente *posseduta*. Non degradata – anche se la cosa mi attirava – solo pienamente affermata.

«No» dissi. «Lo voglio.»

«Vuoi che ti sbatta con il mio grosso cazzo duro?»

Oh, sapeva parlare sporco proprio bene…

«Sì» piagnucolai, scodinzolando ancora.

Mi sculacciò ancora un po', riscaldandomi il culo con schiaffi veloci e pungenti. Quando sentii il crepitio dell'involucro del preservativo, avevo ormai un bisogno disperato di lui.

Mi tolsi le mutandine e io allargai la posizione.

«Bella» mormorò accarezzandomi con una mano lungo il fianco.

Registrai il tocco morbido e fermo del suo cazzo contro il mio ingresso, e spinsi indietro per prenderlo.

«Prenderai il mio cazzo, da brava?» Nonostante le parole da dominatore, mi entrò dentro.

«Sì, signore.»

Iniziò a muoversi con un suo ritmo, guadagnando spazio lentamente.

«In ginocchio» ordinò con voce gutturale quando fu il momento di cambiare. Salii sul letto su mani e ginocchia e lui continuò in quella posizione, afferrandomi le trecce e tirandole indietro. «Ti piace che ti tiri i capelli?»

Non mi piaceva davvero la sensazione sul cuoio capelluto, ma mi piaceva che mi controllasse. Mi piaceva la sensazione di sentirmi un po' costretta, anche se sapevo di essere al sicuro con lui.

«Sì» ansimai.

Tirò un po' più forte, riportandomi indietro la testa e

costringendomi a inarcare la schiena. «Che bello, *malyška*» disse, e le farfalle presero il volo nella mia pancia. Compiacerlo mi dava piacere.

«Sei bagnatissima, mia Kit-Kat.»

Si ricordava il mio soprannome! Gliel'avevo detto la prima notte.

E mi aveva definita sua. Il calore mi avvolse come una coperta. E poi ero troppo calda. Troppo bisognosa.

«Mettiti sulla schiena» ordinò Adrian, in sintonia con il mio bisogno di un cambio di posizione.

Mi rotolai mettendomi sulla schiena, anche se il missionario non era la mia posizione preferita. Non dovetti preoccuparmi: lo rese rapidamente piacevole per me avvolgendomi una grande mano intorno alla gola. Non mi strinse affatto, mi tenne solo la gola, mostrandomi che avrebbe potuto soffocarmi se avesse voluto. Aveva le palpebre sono pesanti, le labbra socchiuse. Spinse dentro di me con mosse sincopate e dure che mi strapparono gemiti di gola. Se non me l'avesse tenuta, avrebbe spinto il mio corpo verso l'alto e avrei urtato il muro con la testa. Ero sua prigioniera. Letteralmente e sessualmente.

Buffo che non mi fossi mai sentita così libera.

Così sfrenata. Così accolta. Accettata. Colmata.

Quell'uomo era la mia metà.

Se solo avessi potuto impedirgli di farsi uccidere…

Mi arresi completamente alle sensazioni, al piacere di Adrian che si muoveva dentro di me. L'intensità della nostra posizione, la vista dei muscoli tesi di petto e braccia, il modo in cui il respiro lacero filtrava dai denti stretti.

«Adrian» gemetti, e il suo sguardo scattò sul mio viso, quasi in allarme.

Come se il fatto che chiamassi il suo nome durante il sesso fosse lo stesso che dirgli che mi stavo innamorando di lui.

Ma poi restituì l'intimità. «Kat... Kat.»

Fu troppo per me. Un grido di piacere riecheggiò nella nostra piccola stanza, e i miei muscoli interni si strinsero.

«Oh, cazzo» borbottò Adrian fermandosi per me, poi pompando più velocemente che mai fino a raggiungere il suo climax urlato. Serrò le dita intorno alla mia gola – ero convinta che non se ne fosse nemmeno reso conto, e io lo lasciai fare, lasciandogli strozzare il mio respiro.

Mi provocò un altro orgasmo altrettanto forte, e io venni e venni sotto di lui, su tutto il suo cazzo.

«Oh, merda, Kat.» Mi lasciò la gola come se fosse fatta di ferro caldo. «Piccola. Malyška. Kit-Kat.» Mi accarezzò il collo. «Stai bene? Mi dispiace.»

Aprii le palpebre e gli feci un sorriso sognante. «Sto bene. Mi è piaciuto molto.»

«Gospodi.» Si tirò fuori e ricadde accanto a me. «Pensavo di averti fatto male.»

Sorrisi ancor di più. «Infatti.»

La sua espressione divenne affettuosa, con un sorriso che cresceva sulle labbra.

Mi baciò sul setto nasale. «Ragazza bella, selvaggia, divertente. Cosa devo fare con te?»

Si alzò dal letto, si tolse il preservativo e lo buttò.

«Tenermi» gli suggerii.

Adrian

DISPOSI KAT sul lettino con la testa nella giusta direzione e mi sdraiai accanto a lei.

Le sue parole, *tenermi*, mi rimbombavano nella testa.

Volevo tenerla. Volevo riportarla a Chicago e innamorarmi perdutamente di lei mentre facevo cose cattive a quel suo corpicino caldo.

«Perché vivevi in Inghilterra, Kat?»

«Te l'ho già detto. Mio padre mi ha mandato via.»

«Ma dopo la scuola. È stata tua la scelta di rimanere in Inghilterra?»

Si accoccolò contro di me, appoggiandomi la testa sulla spalla, facendo scorrere la mano sulla mia maglietta per muovere le unghie tra i peli sul mio petto.

«Sì.»

«Perché? Hai detto che non hai amici lì.»

Non rispose, il che mi fece sospettare che ci fosse una vera ragione. Il cuore mi tuonò con una sensazione spiacevole.

«L'hai fatto per un ragazzo?»

La sua risata leggera alleviò la morsa di gelosia che avevo in gola.

«No. Sono rimasta per la ceramica.»

«Cosa?»

«L' ultimo anno di scuola è arrivata una nuova insegnante d'arte. Li ha convinti a comprare un tornio per la ceramica e un forno, e ci ha insegnato a creare delle ciotole. Mi sono innamorata.»

«Ti piace la ceramica.» Chissà perché, ma lo trovai molto soddisfacente. Probabilmente ero solo felice che avesse qualcosa. Qualcosa che amava. Qualcosa su cui impegnarsi. In cui credere.

Era tutto ciò di cui ognuno di noi aveva davvero bisogno, no? Nell'ultimo anno per me era stato trovare Nadja e poi vendicarla. L'idea mi aveva consumato. Mi aveva cambiato. Mi aveva reso un uomo duro e brutale.

E se avessi trovato qualcosa di così dolce, semplice e perfetto come la ceramica?

Una forma d'arte che mi portasse a un flusso meditativo. Qualcosa che mi permettesse di starmene tranquillo, senza rimuginare. Creare bellezza con le mie mani invece di mettere in atto la violenza…

Forse era di quello che Nadja aveva bisogno per guarire.

Kat alzò la testa per guardarmi. «Stai ridendo?»

«Mai» le assicurai. «Perché dovrei ridere? Mi piace che tu abbia questa cosa.»

Emise una risatina ovattata. «Davvero?» Il suo sorriso era talmente dolce e carino da far male. Mi rendeva stupido e spericolato. Mi faceva pensare a cose cui non mi interessava assolutamente pensare.

«Certo che sì. È la cosa migliore che sento da molto. Cosa ti piace?»

Ci pensò su, mordicchiandosi il labbro inferiore. «Per iniziare un lavoro, devi davvero essere centrato. Insomma, il pollice deve essere centrato nell'argilla, ma questo significa che anche tu devi essere centrato.»

«Intendi spiritualmente? O fisicamente?»

Si illuminò, come contenta che glielo avessi chiesto. «Entrambe le cose. Questo è il punto!» Si appoggiò su una mano e mi guardò dall'alto in basso. «Mi sento come se fossi stata squilibrata per tutta la vita. Come se non sapessi intorno a quale centro orbitare. Ero argilla posizionata male sul tornio.»

Le sfiorai un capezzolo con il pollice, perché i suoi seni erano troppo belli per essere ignorati, specialmente quando uno era vicino alla faccia. «E ora hai trovato il tuo centro?»

«Beh, no, non esattamente. Ma ci stavo provando. L'argilla mi ha mostrato quello che mi mancava: che ero fuori dal mio asse. Perché mi sono sempre sentita fuori controllo e alla ricerca di qualcosa.»

«E come fai a centrarti ora, Kateryna?»

Inspirò. «Non lo so. Ma mi sento più vicina, quando

lavoro con l'argilla. Come se centrarla mi aiutasse a fare lo stesso con me.»

Cercai di respingere il desiderio di diventare il suo centro. Di fornirle l'asse attorno al quale orbitare. Di non lasciarla mai più vacillare né barcollare.

Aveva bisogno di trovarlo da sola.

Era egoista e sciocco pensare di poter mai avere quel ruolo per qualcuno. Tuttavia, con lei lo volevo.

«Se dovessi tenerti, Kateryna, ti costruirei uno studio» mormorai. «E installerei un forno nell'edificio per te. Non mi importerebbe di trovarti coperta di polvere di argilla ogni volta che ti voglio nuda.»

Lei disegnò il contorno del mio capezzolo piatto con l'unghia, restituendomi il favore. «Lo faresti davvero?»

«Basterebbe?»

«Basterebbe a cosa?»

«A renderti felice. Sesso brutale e studio di ceramica.»

Prese il cuscino accanto alla mia testa e me lo tirò in faccia. «Noi non facciamo mica sesso brutale.»

Il sorriso sciocco sul suo viso mi fece tremare lo stomaco.

Aveva gli occhi dolci. Bellissimi occhi dolci color blu notte. «Sì. Basterebbe.»

Sembrava innamorata.

La volevo innamorata.

Il che era orribile e crudele da parte mia. Perché le avrei spezzato il cuore, gliel'avrei fatto a pezzi. Ridotto in poltiglia.

«Che lavoro fai di solito, Adrian? Quando non sei in cerca di vendetta contro mio padre?»

«Sono un ingegnere» le dissi. «Sono stato addestrato come ingegnere meccanico e in Russia lavoravo su una nave, fino a quando mia sorella...» guardai oltre di lei, ricacciando in gola il resto delle parole.

«Dimmelo» mi esortò. «Dovrei saperlo. Se hai intenzione di uccidere mio padre per questo, dovrei davvero saperlo.»

«No» le dissi. «Non c'è bisogno che tu lo sappia. E non voglio nemmeno provare a giustificare le mie azioni. Non c'è bisogno che cerchi di perdonarmi. Ok? Non c'è bisogno che mi perdoni.»

Sbatté le palpebre rapidamente e deglutì.

«Quindi, sei un ingegnere» disse dolcemente, tornando all'unica parte gradevole della conversazione.

«Ora lavoro come ingegnere strutturale. Per progetti di costruzione.» Fu così che Ravil mi mise al lavoro per rimodellare il suo edificio piano per piano.

Mi concessi una fantasia di un attimo. Ravil che mi dava uno spazio dell'edificio perché lo trasformassi nello studio di ceramica di Kat.

«Mangerei solo sugli oggetti di ceramica che hai fatto tu» dissi ad alta voce. «Se ti tenessi. Non userei nessun altro piatto.»

Mi fece di nuovo gli occhi dolci. «Le mie cose fanno schifo. È tutto irregolare e troppo spesso.»

«Non mi interessa. Mangerei solo dai tuoi piatti.»

Ridacchiò e tracciò una delle mie sopracciglia con il polpastrello dell'indice.

«Potrei…» Mi fermai.

L'avrei detto davvero? No. Una volta che quelle parole mi fossero uscite di bocca, non avrei più potuto riprendermele. Non potevo dirle che poteva esserci un altro modo. Che avrei potuto rinunciare a uccidere Leon Poval se avessi avuto abbastanza prove e la sua posizione per mandarlo in prigione. Ora che sapevo che quella nave era stata probabilmente utilizzata per trasportare schiave negli Stati Uniti, potevo ricavare qualcosa di pesante su di lui. E Ravil ora aveva una connessione con l'FBI. Il figlio di un membro della bratva. Ma sarebbe stata una strada lunga.

«Cosa?»

Scossi la testa. «*Net.* Niente.»

«Penso che abbia ucciso mia madre» sbottò.

Oh, cazzo. Stava cercando di capire come perdonarmi. Non si poteva fare. Non doveva. Avrebbe dovuto odiarmi per il resto della sua vita. Era quello che mi meritavo.

«Lo so, *malyška.*»

Gli occhi le brillarono di lacrime. Le sue dita volarono verso le trecce e se le strattonò nervosamente. «Lo sai? Nel senso che lo sai per certo?»

Scossi la testa. «Ero convinto che lo credessi tu. E... probabilmente hai ragione. Mi dispiace tanto.»

Esplose in un singhiozzo e fece ricadere la testa sul mio petto. La tirai contro il mio corpo e le massaggiai la schiena, tenendola stretta. Come potevo pensare di andare avanti? Di fare a pezzi una ragazza già così distrutta? Così non avrei rimesso in piedi Nadja. Tutto ciò che poteva risultarne era offuscare la luce di un'altra ragazza.

Le baciai la testa, il mio cuore calpestato e sanguinante insieme al suo.

CAPITOLO NOVE

Adrian

ASPETTAI FINO ALL'ALBA per andare a esplorare la nave. A giudicare dalle voci forti che riecheggiavano nella notte, i ragazzi bevevano tutti fino a ridursi in uno stato confusionale. Speravo che ora fossero tutti svenuti.

Quando avevo portato Kat al bagno, quel *mudak* di George l'aveva vista fuori e l'aveva derisa. Mi aveva fatto venire voglia di colpire la sua fottuta testa, anche se forse era un bene che Kat vedesse che quelli lì erano stronzi. Non volevo che pensasse che avrebbero potuto salvarla da me.

Mi diressi verso il ponte, sperando di trovarlo vuoto dato che eravamo fuori dal porto. Fu così. Usando la luce del telefono, mi guardai intorno in cerca dei giornali di bordo della nave. Quando li trovai, scattai foto a ogni pagina risalente a quattro anni prima. Poi fotografai anche i registri portuali di quel periodo. Avevo bisogno di tempo per studiarli, per vedere se c'era scritto qualcosa di incrimi-

nante, in particolare per Leon Poval. Muovendomi velocemente, continuai a cercare le cose del capitano alla ricerca
di eventuali indizi. La luce dell'alba penetrò e sentii l'ur-
genza di tornare da Kat. Non volevo che si svegliasse da
sola. Non mi piaceva lasciarla legata, specialmente con
quei *mudak* nelle vicinanze. Se uno di loro fosse arrivato alla
nostra stanza, sarebbe stata impotente contro di lui. L'idea
mi fece praticamente correre fino alla camera, che trovai
tranquilla.

Kat si agitò sul lettino quando chiusi la porta. Le tagliai
le fascette.

«Che fai?» Si sedette e si stiracchiò, guardando verso
l'oblò, che brillava per la luce rosea dell'alba. La sua pelle
pallida era arrossata dal sonno, ed esaltava quindi quegli
occhi azzurri, in contrasto con le ciglia scure.

«Dormono tutti. Ti va di uscire sul ponte a prendere
un po' d'aria fresca?»

Mi ricompensò con un sorriso smagliante, come se le
avessi offerto una giornata in spiaggia.

«Magari.» Si alzò dal letto, lasciando cadere le coperte.
Le raccolsi e gliele avvolsi di nuovo intorno. «Fuori si gela.
Dobbiamo tenerti al caldo.» Mi regalò un altro sorriso
dolorosamente bello.

Non potei fare a meno di sorridere in risposta.

«Devo mettere le scarpe?»

Guardai le calze ai suoi piedi, poi mi girai di schiena e
piegai le ginocchia. «Salta su.» Adorai che obbedisse
immediatamente.

La portai sulla schiena su per le scale e fuori sul ponte.
Il soffio di aria dell'oceano ci colpì i volti, e Kat inspirò
rumorosamente e poi sospirò. La portai alla ringhiera e la
feci oscillare verso il basso per metterla in piedi di fronte a
me, in modo che guardasse il mare.

«L'alba è la mio momento preferito» disse. Aveva la voce impastata dal sonno.

«Ah sì? Perché?»

Fece spallucce. «È come l'argilla. Anche se sbagli tutto quando cominci a far girare il tornio, puoi comunque manipolarla e ricominciare da capo. Ecco com'è la mattina.»

Rimasi perplesso, ma lei continuò. «Non importa cosa sia successo il giorno prima: tutto è fresco e nuovo al mattino. Come una seconda possibilità, no?»

Una seconda possibilità. Ecco di cosa avevo bisogno.

Di un'occasione per ricominciare da capo con Kat. In quell'impresa. Rimodellare l'argilla. Cos'avrei potuto fare in modo diverso? Probabilmente avrei dovuto chiamare Ravil. Aspettare più informazioni. Creare un piano più solido.

«Prima che mia madre se ne andasse, le mattine erano il nostro momento speciale. Mio padre rimaneva sveglio tutta la notte e dormiva fino a mezzogiorno. Io e mia madre avevamo la casa a disposizione.» Si girò a guardarmi. «Così come io e te abbiamo il ponte della nave adesso.»

Dio mi aiuti, non riuscii a fermare il tonfo del mio cuore contro il petto. Il bisogno di baciarla fino a farle perdere i sensi.

Assecondai il mio desiderio, le presi il volto tra le mani e rivendicai quelle labbra dolci e tenere. Ricambiò il bacio, avvolgendomi le braccia intorno al collo e rimanendo un po' appesa, come se le gambe non la reggessero.

«Secondo te ce l'hanno un po' di tè?» chiese quando separammo le labbra.

«Mmm. Non lo so. Sembravano più tipi da vodka liscia, ma andiamo a vedere cosa possiamo trovare.» Mi girai e le offrii di nuovo le spalle. «Salta su, *malyška.*»

Lei saltò su, e io la portai nella sala incasinata dove si trovavano le cose... c'era ancora un casino disgustoso dalla sera prima. Trovai un paio di tazze e le lavai nel lavandino prima di riempirle d'acqua e metterle nel microonde. Kat non trovò il tè, ma dei pacchetti di cioccolata calda, che svuotammo nell'acqua riscaldata e mescolammo con un cucchiaio pulito. Presi uno sgabello per farcela appollaiare mentre cucinavo delle uova in una padella.

Sorseggiò la sua cioccolata calda e mi guardò, ancora avvolta nelle coperte del letto. Il nostro letto.

Chissà quando era diventato *nostro*.

Forse era stato nel momento in cui eravamo saliti sulla nave. Dopo che mi aveva permesso di metterla in una cassa senza nemmeno provare a tagliarmi il cazzo quando l'avevo lasciata uscire.

La sua fiducia in me aveva cambiato tutto.

Stava diventando sempre più impossibile per me andare avanti con il piano. L'indomani ci saremmo fermati al porto di Anversa prima di salpare per l'America. Avrei potuto usare il telefono e chiamare Ravil. Parlare delle opzioni a mia disposizione. Sentire un parere lucido sulla situazione.

Misi le uova su un piatto e presi due forchette. «Torna nella nostra stanza.» Inclinai la testa in direzione della porta.

«In prigione?» chiese, anche se non c'era rancore nel tono. Quella sorprendente e pazza ragazza non riusciva a serbare rancore nei miei confronti per tutta la crudeltà a cui l'avevo sottoposta.

«*Da*. Prigione per te.» Saltò giù dallo sgabello e raccolse entrambe le tazze di cioccolata calda. Trascinò le coperte sul pavimento mentre camminava sulle calze. «In cambio ottengo sesso brutale?»

«Solo se ti comporti bene.»

~

Kat

ADRIAN CAMMINAVA per la nostra stanzina. Era sera tardi, ed eravamo rinchiusi lì da tutto il giorno. La nave sembrava immobile. Forse avevano gettato l'ancora. Adrian diceva che avevano in programma un'altra fermata in porto per l'indomani, prima di riprendere l'oceano.

Stavo all'erta. Avrebbe potuto essere la mia ultima possibilità di fuggire prima che Adrian portasse la faccenda con mio padre al culmine. Ma era sembrato turbato tutta la notte... non che non lo fosse mai. Il mio scontroso dolcetto... Aveva controllato il telefono in cerca della linea e imprecato. Avevo la sensazione che stesse ripensando al suo piano. Che stesse decidendo se procedere davvero con la sua vendetta.

Mi sarebbe piaciuto credere che fosse a causa mia. Perché si era innamorato di me tanto quanto io mi ero innamorata di lui.

Se dovessi tenerti, Kateryna, ti costruirei uno studio.

L'aveva detto come un sogno irrealizzabile. Una cosa che non credeva effettivamente possibile.

La paura premette contro il plesso solare.

Le voci dell'equipaggio risuonavano dalle sale. Ovviamente erano di nuovo ubriachi – doveva essere il loro rituale notturno. Avevo pensato di battere sulla porta e chiedere aiuto, ma avevo rapidamente respinto l'idea. Non sapevo se qualcuno di loro parlava una lingua a me conosciuta. Inoltre, non trovavo quei tizi particolarmente rassicuranti.

Ma se uscire dalla situazione avrebbe potuto salvare Adrian dal suicidio, forse avrei dovuto provarci.

Sentii uno di loro gridare fuori dalla nostra porta e poi iniziare a battere.

Adrian volò alla porta e ci appoggiò la spalla. Ringhiò qualcosa in risposta. Ci fu una risata oscura dall'altra parte e poi l'uomo gridò qualcosa ai suoi amici.

Le loro voci si avvicinarono. Adrian mi lanciò uno sguardo cupo, e io rabbrividii perché vidi l'assassino che c'era lui.

«Cosa vogliono?» chiesi.

«Te» disse tristemente.

Mi portai la mano alla gola e mi sforzai di deglutire.

«Non ti preoccupare» disse. «Non lascerò che ti prendano.»

Sentii il bisogno di vomitare. Che razza di uomini battevano alla porta di una donna pensando di avere diritto su di lei?

Stupratori, ecco chi.

Certo, avevano visto che ero prigioniera di Adrian. Forse avevano pensato... *disgustoso*. Pensavano che fossi una specie di schiava del sesso? Avevo sentito parlare di una cosa del genere sui notiziari, ma...

Fu allora che collegai le cose.

Nadja.

Mio padre.

Oddio.

Poteva essere roba tanto sordida e terribile? I colpi alla porta e le grida aumentarono.

No. Non volevo crederci. Eppure tutti i pezzi combaciavano. Avevo difficoltà a vedere mio padre interessato alla sorella di qualcuno. Insomma, forse era molto bella, non lo sapevo, ma mio padre aveva già molte donne a disposizione.

Oh... quasi vomitai. E se fossero state tutte... costrette?

No, sicuramente mi avrebbero chiesto aiuto. Non me le avrebbe portate intorno.

Ma forse si trattava di un business per lui. Avevo sempre sospettato che fosse uno spacciatore. Forse lo era davvero... ma di esseri umani.

La porta era chiusa a chiave, ma a quanto pareva ne avevano trovato un'altra, perché Adrian osservò il pomello girare. Si lanciò verso la sua borsa – immaginai che avesse un'arma – ma troppo tardi. Entrarono. Cercai di urlare, ma non mi uscì alcun suono.

Adrian attaccò, e fu bravo. Ne prese a pugni uno, batté la testa di un altro contro la porta e ne prese a calci un terzo, ma erano cinque e lui era solo.

Mi tuffai verso la borsa, supponendo che lì dentro tenesse qualcosa che poteva esserci utile, ma il tizio più grande e puzzolente dell'equipaggio mi afferrò. Il suo avambraccio muscoloso si bloccò sulla mia trachea e mi trascinò alla porta con un grido trionfante.

Adrian stava ancora combattendo duramente, ma era a terra. Afferrò le gambe del tizio più vicino a lui mentre lo prendeva calci alle costole e all'intestino.

«Adrian!» soffocai.

Quando vide che mi trascinavano fuori dalla porta, gridò furioso, rialzandosi in piedi solo per essere colpito di nuovo.

L'ultima cosa che vidi prima di essere portata via fu la sagoma molle di Adrian che veniva trascinata sul pavimento.

CAPITOLO DIECI

Adrian

Sputai sangue quando ripresi conoscenza. Quando tentai di mettermi in piedi venni fermato – oh, *fottuta ironia della sorte* – da una maledetta fascetta stretta intorno ai polsi. Era una delle mie: avevo lasciato il sacchetto di plastica sul pavimento, ed era attaccata alla struttura metallica del letto.

«Kateryna!» gridai strattonando.

Dov'era? Cazzo, se l'avessero contaminata prima che fossi riuscito a raggiungerla... no. Non l'avrei permesso. E avrei ucciso fino all'ultimo di quei succhiacazzi per averci anche solo provato.

La sentii urlare in risposta: era in una delle altre cuccette.

Cazzo.

«Non toccatela» gridai in russo. «Leon Poval avrà la vostra testa!»

Sia che credessero che lavorassi per lui sia che sapessero che era sua figlia, pregai che invocarne il nome fermasse qualsiasi cosa stesse accadendo lì dentro.

Lottai contro la fascetta, i muscoli mi tremarono per lo sforzo. Era attaccata alla cuccetta ma non alla gamba, quindi non potevo farla scivolare via. Non potevo nemmeno trascinare il letto. Quella dannata cosa era imbullonata al muro, come tutte le cose su una nave. Il mio coltello era proprio lì, nella tasca posteriore, ma non riuscivo a prenderlo. Perché cazzo non l'avevo usato su quei *mudak*?

Sentii le urla di Kat, e mi sgombrarono la mente da tutto tranne che dal bisogno di salvarla. Afferrando la ringhiera del letto mi alzai capovolgendomi, sollevando i fianchi sopra la testa. Scossi le gambe e il coltello cadde, ma atterrò sul pavimento, non sul materasso come speravo. Pazienza.

Cadendo di nuovo in ginocchio, posizionai il coltello tra le ginocchia, poi le strinsi e le sollevai per portarlo fino alle dita. Lo feci cadere due volte, imprecando e agitandomi per lo sforzo, ma alla fine lo presi tra le dita. Ci volle un po' di fatica, ma fui in grado di aprirlo e girarlo goffamente per tagliare la fascetta.

Libero!

«*Kateryna!*» gridai di nuovo. Le avrei detto che stavo arrivando, ma così avrei dato un vantaggio all'equipaggio, se non avesse parlato solo russo. Gridò come se qualcuno l'avesse colpita. Sarebbero *morti*.

Entro sessanta secondi.

Trovai la pistola e le munizioni nella borsa, la caricai e corsi dietro alle urla di Kat.

Trovai due degli stronzi ammassati sulla porta, altri due all'interno e uno che cercava di montare Kat sul letto mentre lei combatteva come una gattina selvatica.

Mirai e sparai un colpo quasi a bruciapelo.

Poi un altro.

Un terzo.

Non riuscii a sparare il quarto perché venni attaccato da George, che mi buttò a terra. La pistola sfrecciò sul pavimento. Mi diede un pugno all'orecchio e un altro alla mascella prima che riuscissi a rifilargli una gomitata sul naso e poi a capovolgerci, in modo che io gli fossi addosso. Vedevo rosso.

Mi stavo vendicando, non solo per Kat, ma per Nadja e ogni altro essere umano mai trattato come un oggetto. Per ogni altro essere abusato per il divertimento altrui.

Ormai lo stronzo che prima era su Kat si era unito alla lotta. Mi passò un braccio muscoloso sotto il mento per soffocarmi. Mi rese solo più feroce. Usai la sua stessa presa per sollevare entrambi i piedi per dare un colpo da knock-out al ragazzo sotto di me.

Mi sforzai, ma non riuscii a liberarmi dalla presa di Grigor. Mi girai e mi agitai, lanciai gomitate e scalciai a vuoto. La vista iniziava ad annebbiarsi intorno ai margini, poi divenne nera. Le stelle mi ballavano davanti agli occhi. Il suono dei singhiozzi di Kat mi fece combattere. Se mi fossi lasciato andare, sarebbe rimasta sola con quello lì. Che ovviamente avrebbe sfogato la rabbia che provava per me su di lei. Non potevo permetterlo.

Mentre mi si affievoliva la vista, il rumore di metallo che colpiva le ossa mi risuonò nelle orecchie, e poi fui improvvisamente libero di cadere in ginocchio. Ansimando per riprendere a respirare. Mi rimisi in piedi e trovai Kat in piedi dietro il mio assalitore con una chiave inglese a manico lungo tra le mani. Selvaggia e feroce. Le sanguinava il labbro e aveva un segno rosso sulla guancia che sembrava un livido.

Grigor crollò di lato. Presi la pistola e gli sparai un proiettile alla testa e un altro in quella di George.

«Kat» gracidai, con così tanto dolore da annegarci dentro. Imperdonabile.

Non potevo credere di averle fatto questo. Avrei voluto darmi un pugno in faccia. Spararmi alle rotule.

Ma invece di colpirmi con la chiave inglese, lei la lasciò cadere e si lanciò tra le mie braccia, avvolse le gambe intorno alla mia vita, quasi mi strangolò con le braccia.

«Kat» soffocai di nuovo. Lasciai cadere la pistola e la strinsi, uscendo rapidamente dalla stanza e allontanandomi da quella scena orribile. Non volevo che fosse costretta a guardare il casino che avevo fatto dell'equipaggio. I volti degli uomini che avevano cercato di violentarla.

«Mi dispiace, cazzo. Mi dispiace, cazzo.»

La portai sul ponte a respirare aria di mare. «Non avrei mai dovuto lasciare che ti accadesse tutto questo.»

Mi strinse ancora più forte. La sentii tremare, e ora desiderai di non averla portata lì, dove faceva freddo. La portai al timone.

«Adrian» ansimò. «Chi la guida adesso la nave?»

«Ascoltami, Kat.» La feci sedere su una tavola e le strinsi la testa tra le mani. «Ti faccio scendere dalla nave. Ho solo bisogno di avvicinarmi un po' di più alla terra-ferma e poi portiamo il tender a riva.»

Annuì. «Sì. Va bene.»

Ero sollevato che almeno si fidasse di me abbastanza da credere che l'avrei fatta uscire da quella valanga di merda, cosa che mi colpì al centro del petto. Non meritavo un granello di quella fiducia, ma mi ci aggrappai comunque.

«Vieni qui.» La strinsi di nuovo tra le braccia. «Dimmi che stai bene. Per favore, dimmi che non l'ha fatto.»

«No» disse. «L'ho preso a calci nelle palle.»

Le cullai il viso tra le mani e le diedi un bacio sulla fronte. «Brava.»

«Adrian...» sbatté le palpebre per ricacciare indietro le lacrime. «Cos'è successo a Nadja?»

Mi bruciarono gli occhi, e per un momento non riuscii a parlare. Poi mi limitai ad annuire.

Le tremavano le labbra. «Mio padre è un trafficante del sesso?»

Mi si formò un nodo allo stomaco. Avrei voluto tenerla lontana dalla faccenda, non contaminarla con l'aspetto peggiore della situazione, ma era troppo tardi.

Avevo permesso che si macchiasse, portandola sulla nave. Trattandola come una schiava.

Riuscii ad annuire in modo convulso.

Una lacrima le scese sulla guancia. «Lo odio» singhiozzò.

La tenni in braccio e le accarezzai la nuca. «Mi dispiace tanto. Avrei dovuto lasciarti fuori. Non avrei mai dovuto permettere che accadesse. Mi dispiace tanto, Kateryna.»

«Ma ora è al sicuro? Dimmi, Adrian. Merito di saperlo.»

Le accarezzai le braccia e lei premette la fronte sul mio petto. Non avrei voluto dirle nulla di nulla. Alcune cose erano troppo orribili per parlarne. Ma avrei dato a Kat tutto ciò che mi avesse chiesto in questo momento, quindi parlai sforzando la gola roca.

«Venne rapita in un parcheggio e portata in America su una nave mercantile. Trascorse quattro mesi incatenata a un letto nel seminterrato della fabbrica di divani di tuo padre.»

«Quello che hai bruciato.»

«Sì.»

«C-come ha fatto a liberarsi?»

«Ho seguito la pista fino a Chicago. Ho trovato un

lavoro con la bratva e ho usato le loro connessioni per rintracciare l'operazione. Ci ho trovato otto ragazze.»

Le lacrime di Kat mi bagnarono la camicia. Si sedette e le asciugò con le dita. «Se fossi in te, anch'io vorrei vendetta.»

Buffo che la mia vendetta – ora che ne avevo avuto un assaggio – sembrasse ormai tanto inutile.

CAPITOLO UNDICI

Kat

Il vento era gelido, ma io ero avvolta sotto strati di coperte, rannicchiata sul motoscafo che Adrian chiamava tender. L'imbarcazione tagliò l'oscurità, allontanandosi dal mercantile.

«E i corpi?» gridai per superare il rumore del motore. Sapevo di essere sotto shock. Non sapevo cosa aspettarmi nei successivi cinque minuti, per non parlare dei successivi giorni, ma sapevo che non volevo che Adrian andasse in prigione.

Non volevo andare in prigione nemmeno io, del resto.

«Me ne sono occupato io» disse Adrian. Spense il motore prima di raggiungere la riva, quindi la costeggiammo silenziosamente. Mi aiutò a liberarmi dalle coperte e a salire sul molo di legno, poi lanciò il borsone. Indossavo la sua giacca di pelle, come la sera in cui ci eravamo conosciuti. Sapeva del suo profumo pulito e legnoso, e non avrei mai voluto toglierla.

Sarei facilmente potuta scappare. Avrei avuto un vantaggio, e probabilmente sarei riuscita a seminarlo. Ma non volevo lasciare Adrian ora. Non *potevo* lasciarlo.

Qualunque cosa fosse accaduta, dovevo viverla fino in fondo.

Lo guardai ripulire il timone e le superfici della barca per eliminare le nostre impronte. Poi si arrampicò senza legare la barca, lasciandola andare alla deriva. Un'enorme esplosione sull'acqua dalla direzione in cui eravamo venuti mi fece sussultare.

Non fu necessario guardare il bagliore soddisfatto negli occhi di Adrian per sapere che ne era responsabile lui. Le prove erano sparite. Le tracce coperte.

«Troviamoci un hotel.» Prese il borsone. Trascinai lo sguardo lontano dal fuoco sull'acqua e annuii. Lo lasciai prendere in pugno la situazione.

«Dove siamo?»

«Ad Anversa, in Belgio. L'olandese lo parli?»

«Mi dispiace, neanche una parola.»

«Nemmeno io.»

Mi piazzò una mano sulla schiena mentre tirava fuori il telefono e controllava l'app della mappa, quindi prenotò un passaggio su Uber. Quindici minuti dopo, eravamo al sicuro e al caldo sul sedile posteriore di un'auto.

Adrian rovistò nel suo borsone, che si era rifiutato di mettere nel bagagliaio della macchina, e mi porse la mia borsa. Fu un gesto semplice. Un po' inutile, dal momento che aveva detto di avermi già distrutto il telefono, ma fu confortante per me riavere le mie cose.

Tirai fuori il lucidalabbra e me lo passai sulle labbra. Ci fermammo davanti al Radisson Blu Astrid, e mi scappò un po' da ridere.

«È qui che alloggeremo?»

«*Da.*» Spalancò la portiera, scese e mi tese la mano per

farmi uscire. Lo seguii invece di uscire dalla mia portiera, perché quelle attenzioni mi piacevano. Mi piaceva che si prendesse cura di me. Ma lo seguii anche perché Adrian era un ragazzo che valeva la pena seguire.

Non sapevo se i suoi piani erano cambiati, ma ancora speravo che quella storia potesse finire bene. In qualche modo.

Quando arrivammo alla reception dell'hotel, Adrian presentò un passaporto russo e un nome falso e pagò con una carta di credito corrispondente.

«La migliore stanza disponibile, per favore» disse all'impiegato.

«Certo, signore.» Lo sguardo del ragazzo scivolò su di me e sul mio sporco vestito da studentessa. Sulle trecce. Le zeppe. La giacca di Adrian. Pensava che fossi una prostituta. Beh, come biasimarlo? Erano le cinque del mattino ed ero vestita come una spogliarellista che batteva per strada.

Mi si rivoltò lo stomaco. Quello che era divertente nel contesto del rave si era trasformato in qualcosa di malato e disgustoso, ora che sapevo di mio padre e dei suoi affari. Della sorella di Adrian e delle altre donne.

Adrian mi tirò saldamente contro il suo fianco, rivendicandomi come una sposa preziosa. Mi baciò la testa come per dimostrare che facevamo coppia, che quello non era un incontro d'affari. L'impiegato distolse lo sguardo e digitò sul computer.

«Quante notti, signore?»

«Tre» disse Adrian deciso, e gli lanciai uno sguardo che lui ignorò.

«Ho una junior suite.»

«La prendo. Il servizio in camera al momento è disponibile?»

L'impiegato guardò l'orologio. «Inizia tra un'ora.» Fece

scorrere due chiavi magnetiche sul bancone. «Buon soggiorno.»

«Grazie.» Adrian mi porse le chiavi. Come per la restituzione della borsa, sembrò un gesto simbolico. Mi stava dando la libertà di decidere. Il potere.

In quel momento, avrei potuto aprire bocca per dire all'impiegato che ero prigioniera, ma Adrian aveva comunque corso il rischio. Avrei potuto dirlo all'autista di Uber. Forse... non ero più sua prigioniera.

Erano cambiati i piani.

O così speravo.

Prese il borsone e tenne il braccio intorno a me mentre andavamo agli ascensori. «Restiamo tre notti?» chiesi.

«Probabilmente no.» Adrian fece spallucce. «Ma volevo che sembrasse che fossimo turisti.»

«Che lavoro fai per la bratva?» chiesi mentre entravamo nell'ascensore, pensando che aveva fatto fuori cinque uomini, fatto saltare in aria una nave e mandato una barca alla deriva. E anche che aveva un passaporto falso e che sembrava molto bravo in quella roba.

Era sciocco da parte mia esserne colpita, ma non potevo farne a meno.

Era davvero capace, accidenti.

E aveva fatto tutto per porre rimedio ai torti di mio padre. Sapevo che era un eroe. Non convenzionale, ma pur sempre un eroe.

«Sono il pulitore.» Appoggiò la schiena contro la parete dell'ascensore e mi tirò contro di sé.

«Ha senso, in effetti.»

«Di solito non combino casini, ma quando mi capita ne combino di grandiosi.» Mi lanciò uno sguardo rude che mi fece stringere il cuore.

Scendemmo al nostro piano e aprii la porta della

stanza. Era pulita e lussuosa, e mi diressi direttamente verso il bagno.

«Guarda questa vasca!» esclamai davanti all'enorme e profonda vasca da bagno.

Adrian mi seguì e aprì l'acqua al massimo, aprendo la boccetta di bagnoschiuma e di sali e versandoli dentro.

«Fai il bagno?» chiesi.

Iniziò a sbottonarmi la camicetta. «Lo fai tu» disse.

«Ti unisci a me?» chiesi mentre mi sfilava la camicetta dalle braccia.

Una sorta di emozione gli affiorò in viso. Non riuscii a identificarla del tutto. Gratitudine? Dolore? Forse un mix di entrambi.

«Vuoi che lo faccia?»

«Sì.» Mi sganciò il reggiseno, e io lo scossi per farlo cadere sul pavimento accanto alla camicetta.

«Qualunque cosa tu voglia, Kit-Kat» mormorò; i suoi palmi caldi mi scivolarono lungo le braccia nude. «Qualunque cosa tu voglia.»

«Sembra abbastanza grande per due persone.»

Le bolle stavano iniziando a formarsi, accumulandosi sempre più in alto nella vasca di marmo nero. Ne raccolsi una manciata e le portai al naso per respirare il profumo di coriandolo. Adrian mi slacciò la gonna nella parte posteriore e la tirò via insieme alle mutandine. Ruotai per mettermi di fronte a lui e gli sollevai l'orlo della camicia, tirandola su sopra gli addominali cesellati, su per gli ampi pettorali dal bel petto peloso e via dalla testa.

Lui iniziò a sbottonarsi i pantaloni, ma io presi il sopravvento: volevo spogliarlo mentre lui spogliava me. Volevo assumere un ruolo più attivo, stavolta. Le fantasie erano divertenti, ma stavolta sembrava realtà. Sembrava la prima volta che io e Adrian eravamo intimi l'uno con l'altro. La vera me e il vero Adrian. Non una fantasia sessuale stravagante. Non rapitore e prigioniera. Studentessa e insegnante. Padrone e schiava.

«Sei sexy, con la pistola» gli dissi.

Scoppiò a ridere, scioccato. «Sei perversa» disse.

Mi ferì, e se ne accorse immediatamente, perché mi prese il viso tra le mani. «Non intendevo quello» disse. «Insomma, lo intendevo nel modo più ammirato possibile. Adoro la tua perversione. Adoro che tu sia te stessa. Selvaggia, divertente e libera.»

Tolse l'elastico da una delle mie trecce e iniziò a scioglierla.

«Sei bella in modo straziante. Sei la ragazza più bella che abbia mai visto in vita mia.»

Inspirai, tremando. Non volevo parlare, nel caso in cui avesse detto altro.

«Vorrei…vorrei che fosse andata diversamente. Vorrei non aver combinato questo casino.» Sciolse l'altra treccia.

Ora gli accarezzai il viso, per confortarlo. «Baciami» dissi.

Abbassò la testa in modo infinitamente lento, le labbra si librarono appena sopra le mie, sospese nel tempo.

Quell'istante, lo spazio tra i nostri due corpi, fu sia attrazione magnetica sia resistenza allo stesso tempo.

E poiché stavolta non ero una destinataria passiva, la ragazza che aspetta di essere indirizzata, ma una che faceva le sue scelte e si prendeva ciò che voleva, accorciai io la distanza. Gli afferrai il viso, lo tirai verso il mio e gli divorai le labbra. Inclinai le labbra in un modo e poi nell'altro, succhiandogli il labbro inferiore. Passai la lingua nella sua bocca e la aggrovigliai, la intrecciai con la sua. All'inizio aspettò, poi rispose con fervore, stringendomi la schiena con l'avambraccio e strattonandomi contro il suo corpo sodo.

Poggiò l'altra mano sul lato del mio collo. I capezzoli mi si strinsero appena gli sfiorarono le costole. Il cazzo si indurì contro la mia pancia.

Per una volta, non volevo che il sesso fosse anonimo e brutale, da dietro. Del tipo sul quale potevo rimanere a fantasticare a mente.

No, stavolta volevo che fosse lento e delicato, o forse non delicato: *delicatamente* graffiante.

Ma lo volevo intimo. Volevo che ci guardassimo negli occhi. Che aprissimo i nostri cuori, le nostre menti, i nostri corpi, i nostri esseri l'uno all'altra. Quello era amore. Quello era ciò a cui serviva il sesso: una comunione di due corpi. Di due persone. Di due esseri compatibili come nessun'altra creatura poteva essere.

Anche Adrian sembrò voler far con calma, perché non mi girò e non mi piegò sul lato della vasca. Invece mi spinse delicatamente lontano da lui e interruppe il bacio.

«Entriamo.» Puntò la testa in direzione dell'acqua, e mi tenne la mano come un gentiluomo per aiutarmi a entrare nella vasca.

Rimasi al centro fino a quando non entrò anche lui, poi mi sedetti e mi accucciai nella culla delle sue gambe, appoggiandomi al suo petto. Le mani insaponate di Adrian scivolarono su tutta la mia pelle senza lavarmi davvero, ma solo toccandomi.

Disegnò dei cerchi intorno ai miei capezzoli con il medio. Mi prese il seno e lo impastò, poi fece scivolare una mano verso l'alto per avvolgermi la gola nel modo che amavo. Appoggiai la testa all'indietro sulla sua spalla, cercando di bloccare gli eventi della notte. Cercando di non chiedermi cosa sarebbe successo domani. O comunque oggi, forse, dato che era già l'alba. Le sue dita scivolarono verso il basso per tracciare il mio ombelico, poi mise la mano tra le mie gambe, dove i miei muscoli già catturavano e rilasciavano.

Chiusi gli occhi e mi arresi alle sensazioni, lasciai che Adrian mi desse piacere senza cercare disperatamente il traguardo. Separò le mie pieghe e trovò il clitoride, che stuzzicò delicatamente.

Il tempo si era fermato. Con quel tocco, leggero e poco impegnativo, ero rinata. Il mio corpo vibrava e gemeva di piacere, liberandosi della bruttezza della notte, entrando saldamente nel presente.

Alla fine l'acqua si raffreddò, quindi Adrian mi sollevò per mettermi in piedi e mi seguì fuori dalla vasca. Tenni un asciugamano aperto per lui, e lui mi regalò quel raro sorriso da ragazzino prima di strapparmelo e avvolgermi con esso. Mi afferrò e mi tirò indietro contro il suo corpo.

«Pensi che abbia bisogno che qualcuno si prenda cura di me, piccola?»

«Anche tu hai avuto una nottata difficile» dissi.

Mi scosse avanti e indietro tra le sue braccia, ondeggiando come in una lenta danza. Non volevo che finisse, anche se sentivo che il finale era vicino. Molto, molto vicino.

Adrian mi tolse l'asciugamano e mi portò al letto, dove scostò le coperte per me.

«Vieni anche tu, giusto?» chiesi mentre strisciavo sul letto.

«Oh, arrivo.» Adrian si avventò, placcandomi sulla schiena, le labbra si schiantarono sulle mie. Chiusi le caviglie dietro la sua schiena, attirando i suoi fianchi nella culla dei miei mentre facevo scivolare la lingua tra le sue labbra.

Concentrò il peso sulle braccia e mi fece sentire la punta calda del cazzo. «Devo prendere il preservativo.»

«Ho la spirale» gli ricordai.

«Sono pulito.» Sostenne il mio sguardo mentre trascinava la cappella attraverso i miei succhi. Quando si spinse in avanti, si mosse lentamente, come aspettando il trauma.

Usai le gambe per attirarlo, dondolandomi per andargli incontro.

C'era qualcosa di vitale e pieno nel modo in cui i nostri corpi combaciavano. Nel modo in cui si sentivano insieme. Ne avevo bisogno tanto quanto avevo bisogno di acqua e aria.

Ci fissammo mentre lui oscillava lentamente dentro e fuori di me, abbassandosi ogni tanto per fondere le nostre bocche con un altro bacio bruciante.

Come nella vasca da bagno, non c'era la frenesia di finire.

Eravamo in contatto, ci donavamo e ci davamo. Il suo ritmo diventava il mio mentre ci muovevamo in concerto.

E poi non fu più sufficiente. Adrian si alzò in ginocchio e sollevò il mio bacino in aria, tenendomi ferma in modo da andare in profondità e velocemente.

Sembrava quasi che potesse aprirmi in due, e volevo che lo facesse. Volevo essere consumata da lui mentre divoravo tutto di quel momento. Di quell'esperienza.

Le nostre grida e i nostri gemiti si mescolarono, facendosi più disperati man mano che entrambi ci avvicinavamo, ancora completamente in sintonia l'uno con l'altra.

Non ci fu bisogno di accelerare né rallentare, perché entrambi raggiungemmo l'orgasmo nello stesso esatto momento: lui ruggì di soddisfazione trasportato dal mio urlo acuto, i due versi si intrecciarono in un'armonia tutta nostra. Mi scossi e rabbrividii intorno a lui, sentendo il rilascio fino alle dita dei piedi.

«Adrian, oh… Dio» gemetti.

Mi abbassò lentamente i fianchi verso il letto e strofinò il naso contro il mio collo.

«Non serve che mi chiami Dio, sai» mormorò con una

risata che gli rese la voce normalmente roca piena e vellutata.

«Sei l'unico che mi fa venire così.»

«Va bene, allora sono un Dio» scherzò, facendoci rotolare sui fianchi.

Mi scostò i capelli dal viso e respirammo insieme in silenzio.

«Dovresti mangiare un po' prima di dormire» disse quando chiusi gli occhi. Si allontanò da me e si alzò. «Chiamo il servizio in camera.»

Il suono della sua voce profonda al telefono mi cadde addosso come una ninna nanna. Una coperta in cui mi avvolsi mentre andavo alla deriva nel paese dei sogni.

~

Adrian

KAT NON RIMASE sveglia per mangiare, il che infastidì la parte di me che aveva un disperato bisogno di occuparsi del suo benessere. Volevo dannatamente cullarla. Coccolarla fino a quando non avesse dimenticato ogni ultima orribile cosa a cui l'avevo sottoposta.

Aspettai che arrivasse il servizio in camera, poi mangiai e portai il laptop nel soggiorno e chiusi la porta della camera da letto.

Era mezzanotte a Chicago, ma mandai comunque un messaggio a Ravil. *Sei sveglio?*

Un attimo dopo, il portatile squillò per una videochiamata di Dima. Quando si mise a fuoco il video, vidi Ravil, Maxim e Dima nell'ufficio di Ravil.

«Adrian» disse subito Ravil. «Non mi piace che eviti le mie chiamate.»

«Scusa, *pachan*. Ho combinato un casino.»

All'ammissione, alzò le sopracciglia. «Cos'è successo?»

Presumendo che avesse già saputo tutto il piano da Dima, partii dal disastro sulla nave e arrivai all'esplosione.

«Adesso dove sei?» chiese Maxim. Era mezzo vestito, con la camicia sbottonata. Ravil probabilmente lo aveva tirato giù dal letto coniugale, per la telefonata.

«Al Radisson Blu Astrid di Anversa.»

Inclinò la testa. «Scelta interessante. Hai ancora la ragazza, allora.»

«Kateryna» dissi. Non era più *la ragazza*. Non era la figlia di Poval. Era la mia Kit-Kat. La giovane adorabile, selvaggia, forte ma anche fragile di cui ero innamorato. E che dovevo lasciar andare.

«Sì. Dorme.»

«Beh, e quali sono i tuoi piani, Adrian? Immagino che tu abbia mandato un messaggio per un motivo.» Ravil era decisamente garbato, ma sapevo di essere ancora nei guai, e giustamente.

Non risposi. La mia mente aveva vagato in lungo e in largo. Ero a corto di piani e idee. Sapevo solo che il mio piano non aveva funzionato. Era il momento di adeguarmi.

«Sono ... pronto ad abbandonare.»

Ravil sollevò un sopracciglio. Maxim sorrise e si appoggiò alla sedia, incrociando le braccia sul petto. «L'ho capito non appena hai detto *Radisson Blu Astrid*.»

Feci spallucce. «Forse è questione da polizia.»

«*Una* questione da polizia» mi corresse Ravil. «Opzione che avrebbe funzionato meglio se non avessi fatto saltare in aria il mercantile.»

«Ma hai detto di aver scattato foto dei diari di bordo, no?» chiese Dima. «Mandamele. Potrei essere in grado di rintracciare i fatti nei conti bancari.» E sorrise. «Li ho trovati tutti. Ah, e i cinque milioni sono comparsi dal conto della ragazza. Te l'avevo detto? Posso spostarli in uno dei nostri conti di deposito.»

Il cuore mi palpitò. Potevo tenere i suoi soldi. Già questa sarebbe stata una punizione sufficiente per un uomo come Poval. D'altra parte, gli avrebbe anche dato un motivo per venire a cercarmi, e Kateryna sapeva tutto. Il mio nome. Dove vivevo. Se lei glielo avesse detto, lui avrebbe perseguitato la bratva di Chicago, e anche se Ravil sapeva gestirlo, non avevo intenzione di fargli affrontare una guerra.

«Aspetta, per favore. Fino a quando non avrò capito la mia prossima mossa.»

Dima annuì.

«È probabile che uno come Poval trovi una via d'uscita all'accusa, ma vale la pena provare» disse Maxim. «Abbiamo il nostro contatto dell'FBI. Potrebbe informare l'Interpol.» Maxim si strofinò una mano sul viso. «Ma tu hai intenzione di consegnarlo all'Interpol, però?»

«Sì.» Avevo preso in considerazione l'opzione. «Potrei portarlo qui.»

O avrei permesso che rimanesse a piede libero? Non mi interessava più cosa fosse giusto, e nemmeno della giustizia che meritava Nadja.

Stavo pensando a Kat.

A come sarebbe stato per lei avere il suo unico genitore dietro le sbarre.

D'altra parte, lui non era mai stato davvero presente per lei. Praticamente, era rimasta sola per anni. Non c'era da meravigliarsi che non fosse equilibrata. Che fosse fuori dal suo asse.

Ricordai l'assurda fantasia di portarmela a casa per costruirle uno studio per lavorare la ceramica, e il petto mi si strinse dolorosamente. In una realtà alternativa, avrei vissuto quella vita in un batter d'occhio.

Lui sarebbe sopravvissuto. Probabilmente se la sarebbe cavata. E lei avrebbe avuto i cinque milioni di dollari che aveva trasferito sul suo conto. Cosa che poteva essere positiva, visto che i conti avrebbero potuto venir congelati dai procedimenti.

Starebbe stata bene.

Annuii. «Farò in modo che venga qui.»

«Contatto Alex» disse Ravil. L'agente dell'FBI che una volta voleva Ravil morto ora era legato a lui. «Non ti garantisco nulla, però.»

«Lo capisco.» Piegai la testa. «In entrambi i casi, lascerò perdere.»

«Sta bene?» chiese Ravil, riuscendo in qualche modo a vedere nel mio cuore con quel suo sguardo laser.

Aggrottai le sopracciglia. «No. Non credo. Ma ora è al sicuro. Da me e da quei *mudak* sulla nave.»

«È stata sempre al sicuro da te» sottolineò Ravil.

Pensai ai suoi polsi lividi per le fascette. Al fatto di averla messa in una cassa da spedizione. Al quasi stupro a cui l'avevo esposta sulla nave. «No che non lo era. Ma lo è ora.» La cosa migliore che potevo fare per Kat adesso era andarmene. Da buon cittadino, avrei reso noto alle autorità quello che sapevo di Poval. Sarebbe stata la cosa peggiore che gli avrei fatto. Qualsiasi altra cosa sarebbe stata dannosa per la mia... no, non *mia*. Lei non mi apparteneva. Non avevo alcuna pretesa su di lei. Qualsiasi pretesa in più sarebbe stata dannosa per Kat.

«Come sta Nadja? Qualcuno l'ha vista?»

«Certo che l'abbiamo vista» disse Ravil fissandomi con uno sguardo severo. «Pensavi che non l'avremmo tenuta d'occhio mentre eri via?»

Scossi la testa. «*Net*. No. Certo che no. Non lo dicevo in questo senso. E scusate se non ho chiamato. Non volevo trascinare la tua cellula – la nostra cellula – nel mio casino.»

«Il tuo casino è il nostro casino. Siamo fratelli, Adrian» disse Maxim. «Non puoi impedire che il tuo casino ci colpisca, motivo per cui non apprezzo che tu mi tenga all'oscuro.»

Il rimprovero di Ravil fu mite, ma il mio rispetto per lui fece sì che mi colpisse al petto. Misi il pugno sul cuore. «Perdonami.»

Dopo una pausa, Maxim disse: «Nadja sembra star bene. È venuta con noi al Rue's Lounge giovedì sera. Forse prova qualcosa per il fratello di Story, Flynn.»

Digrignai i denti. Sapevo che era così. Avevo visto come lo guardava. Ed era un grosso cazzo di problema, per quanto mi riguardava. Quello lì era un playboy, e il cuore di Nadja era già fragilissimo. Non c'era nessuna possibilità che lo lasciassi avvicinare a lei.

«Qui è tardi» disse Ravil. «Teniamoci in contatto. Rispondi al telefono se chiamo, o al tuo ritorno te lo incollo all'orecchio.»

«Sì, scusa.» Agganciai e inviai a Dima le informazioni del diario di bordo, quindi inviai un messaggio al padre di Kat. *Fondi ricevuti. Kateryna illesa. Recupero ad Anversa ore 22 CET di oggi. Vieni di persona o non la vedrai mai più. Manda un messaggio al tuo arrivo.*

La stanchezza mi piombò addosso, ma mi spinsi oltre, e scesi al negozio di articoli da regalo dell'hotel che avevo visto per comprare a Kat una camicia, un maglione e un paio di stivali di pelle. Non vendevano mutandine, ma le presi una lozione, sapone, shampoo e balsamo. Poi tornai nella stanza e mi sdraiai accanto a lei, stringendo il braccio intorno alla sua vita e tirandola contro di me.

«Ssh» mormorai contro la sua nuca quando si spaventò. «Va tutto bene, *malyška.*»

«Mmm. Adrian» borbottò nel sonno, come se fossi di conforto per lei, e il cuore mi si strinse così forte che persi quasi il respiro. Lasciarla mi avrebbe ucciso, cazzo.

CAPITOLO DODICI

Kat

Mi svegliai alle due del pomeriggio. Mi sarei svegliata prima, ma ogni volta che mi muovevo il conforto del pesante braccio di Adrian avvolto attorno al fianco mi faceva riaddormentare. Dio, in realtà non avevo mai dormito con un ragazzo prima di lui.

Avevo fatto sesso – molto – dal momento in cui ero atterrata in Inghilterra, ma non avevo mai dormito con nessuno.

Non potevo al dormitorio della scuola, e avevo avuto solo avventure da quando vivevo da sola. Nessun fidanzato. Nessuno di familiare nel letto, a stringermi come se ci appartenessimo.

Lo trovavo delizioso. Mi era persino piaciuto quando sulla nave eravamo stretti come sardine in una piccola cuccetta.

Mi alzai dal letto e mi lanciai in bagno. Adrian mi seguì – a quanto pareva, ero ancora sua prigioniera. O così o aveva deciso che non c'era più nulla da nascondere tra di noi.

«Hai fame?» chiese appoggiando la spalla sulla porta. «Per forza…»

Adoravo quel ragazzo. Davvero. Adoravo che si prendesse cura di me. Che pensasse ai miei bisogni.

«Sì» ammisi. «Sto decisamente morendo di fame.»

«Ordino il servizio in camera. Cosa ti va?»

«Un panino» dissi. «E tè. Non lo bevo da giorni.»

«Ti prendo il tè» promise, e indietreggiò.

Non appena se ne fu andato, mi mancò la sua presenza. Eravamo a stretto contatto da mercoledì sera. Cominciai a sentirmi come se non potessi respirare, senza lui accanto a me. Usai il bagno, mi lavai i denti e poi mi infilai sotto la doccia. Dentro trovai tutte le cose che avrei potuto chiedere. Un rasoio nuovo, grandi flaconi pieni di shampoo e balsamo e un bel detergente per il viso. Non del tipo piccolo da hotel. No, Adrian doveva averli comprati.

Sorrisi e gridai: «Grazie per il balsamo!»

Sentii la voce profonda di Adrian, ma non stava parlando con me.

Doveva essere al telefono a ordinare.

Sotto la doccia feci con calma, per farmi bella per Adrian.

Mi rasai le gambe, le ascelle e la zona bikini. Mi lavai i capelli due volte e applicai il balsamo accuratamente. Per tutto il tempo canticchiai *Grace Kelly* di Mika.

La canzone che avevo usato per cercare di far impazzire Adrian a casa sua. La cantai a squarciagola. Era un invito e, alla fine, abboccò.

Tirò indietro la tenda della doccia con un sorriso in volto.

«Hai detto qualcosa?» chiese.

«Stavi ascoltando!»

«Ascolto sempre, *malyška.*» Si tolse i vestiti ed entrò nella doccia con me.

«Hai intenzione di piegarmi e scoparmi sotto la doccia?» chiesi speranzosa, mentre facevo scivolare le mani sui suoi pettorali.

«Oh, eccome se ti piego e ti scopo sotto la doccia» promise, avvicinandosi con intento oscuro. «Adesso ti faccio ogni sorta di cose sporche.»

Mi mancò il respiro. «Tipo cosa?»

«Voltati» mi ordinò.

Mi girai verso la parete, misi le mani sulle piastrelle come se fossi in arresto. Infilò l'avambraccio sotto una delle mie ginocchia, sollevandolo verso l'alto e di lato, così mi trovai in piedi su una gamba, aperta per lui.

«Muoio dalla voglia di ararti in questa posizione da quando hai fatto quello spettacolino nel mio bagno. Te lo ricordi?»

«Sì.» Sorrisi tra me e me.

«Era questo che volevi, allora, *detka?*»

Si posizionò al mio ingresso. «Sì» ammisi, voltandomi a guardarlo. Era così bello, così forte e robusto. Stargli vicino era fonte di ispirazione. Avere la sua attenzione su di me. Era valsa la pena di subire ogni umiliazione che avevo patito da quando l'avevo conosciuto. Non avrei fatto cambio con altro nemmeno per un minuto. Forse era la masochista in me a parlare, ma non mi interessava.

Mi sentivo bene quando stavo con Adrian. Non sbilanciata. Non in equilibrio precario. Mi faceva sentire... centrata.

Se dovessi tenerti, Kateryna, ti costruirei uno studio.

Volevo chiedergli quale fosse il piano ora. Sentivo che in lui qualcosa era cambiato. Ma avevo paura della risposta. Avevo paura di perdere quella fiorente speranza che mi batteva nel petto. La fantasia che avremmo potuto avere un futuro. Che mi avrebbe portata a Chicago e mi avrebbe presentato sua sorella. Costruito lo studio. Sciocco, ma non volevo lasciarlo andare.

Non ancora.

Adrian si spinse dentro, appoggiando il braccio libero contro il muro accanto al mio mentre faceva scattare i fianchi dentro e verso l'alto. I nostri corpi si conoscevano già. Il ritmo venne facilmente. Il mio corpo era ricettivo al suo, bisognoso del suo tocco aggressivo.

L'acqua calda della doccia aveva riempito la stanza di vapore, e avevo le vertigini per il calore che cresceva nel mio nucleo. Portai la mano tra le mie gambe e afferrai la base del suo cazzo, formando un anello con le dita per farcelo scivolare attraverso mentre si inarcava dentro e fuori di me.

Il suo respiro divenne irregolare, per poi farsi ruggito. Mi perforò più forte. Più velocemente.

«Sei caldissima, Kateryna. Incredibilmente sexy. Voglio darti ogni orgasmo che tu abbia mai desiderato.»

Quella semplice espressione era tutto ciò che mi serviva.

I miei muscoli intimi spasmarono intorno al suo cazzo, catturando e rilasciando mentre venivo.

Adrian imprecò in russo e spinse più forte. Gridai di piacere mentre le luci mi danzavano davanti agli occhi.

Avevo le vertigini ed ero scombussolata, ma non importava. Adrian mi possedeva e sapevo con certezza che non mi avrebbe lasciata andare.

Gridò, i suoi movimenti diventarono bruschi fino a quando non si immerse in profondità, il cazzo gli pulsava mentre la sua sborra calda mi riempiva. Venni di nuovo con il climax più soddisfacente della mia vita.

Adrian mi tenne in braccio mentre ansimavamo

insieme, poi fece raffreddare l'acqua fino a quando non ritrovai l'equilibrio.

La chiusi completamente e uscii, correndo per arrivare per prima all'asciugamano. Risi quando me lo strappò dalle mani e me lo tenne aperto.

«Dopo questo, mi terrai anche aperte le porte» mi prese in giro, dandomi un bacio sulla fronte mentre mi impacchettava come un perog nell'asciugamano.

Bussarono alla porta.

«Resta qui, *malyška*» mi disse, avvolgendosi un altro asciugamano intorno alla vita prima di uscire dal bagno. Lo sentii aprire la porta e parlare con il dipendente dell'-hotel che ci stava consegnando la roba.

Mi chiesi per un attimo cosa sarebbe successo se fossi uscita.

Adrian non aveva più paura che chiedessi aiuto? Sapeva che ora non sarei scappata da lui? Aspettai fino a quando non sentii la porta chiudersi, poi uscii e puntai dritta – ancora nuda – ai piatti. Il sorriso di Adrian fu indulgente mentre si infilava un nuovo paio di boxer.

Invidiai il fatto che avesse vestiti puliti da indossare.

«Continua a girare nuda, *detka*, e ti farai scopare di nuovo.»

Sollevai i coperchi d'argento. «Oh. Accidenti. Sarebbe davvero terribile.» Guardai oltre, mordendomi il mignolo. «Sei scarsissimo in quell'ambito… e in tutto il resto.»

I piatti sembravano così buoni che quasi piansi. Presi metà sandwich e mangiai in piedi, incapace persino di capire come o dove sedermi. Adrian recuperò una maglietta a maniche lunghe e i pantaloni, poi mi portò una busta.

«Ti ho comprato dei vestiti.» Tirò fuori una camicia dall'aspetto costoso e, invece di consegnarmela, me la infilò dalla testa. Chissà perché, ma il gesto mi mandò in estasi.

Mi piaceva quando si prendeva cura di me. Misi giù il panino il tempo necessario per infilare le braccia nelle maniche, e poi mi passò un paio di leggings.

«Dove li hai trovati?» chiesi con la bocca piena.

«Al piano di sotto.»

«Gentile da parte tua.»

«Necessario» grugnì. «Non gentile.»

«Come vuoi.» Sorrisi dietro al panino.

«C'è anche un maglione. Puoi indossare la mia giacca, quando usciamo.»

«Dove andiamo?» Presi un altro gigantesco boccone di panino.

Non mi aspetto proprio che rispondesse, perché non lo faceva mai, ma mi sorprese. «A comprarti un cappotto.»

Ah. Andavamo a fare shopping insieme? Le cose erano davvero cambiate.

Dei sospetti intaccarono l'alberello di speranza che stavo nutrendo, ma li ignorai.

Non volevo mettere in discussione il futuro. Il momento era troppo bello per rovinarlo. Adrian raccolse i piatti e li sistemò sul tavolo vicino alla finestra, e mi scostò una sedia.

«Siediti, Kit-Kat. Mi accomodo qui con te.» Si sedette di fronte.

Si trattava di una cosa semplicissima, ma che mi rese incredibilmente felice.

Ero nel mio mondo fantastico: io e Adrian facevamo coppia.

Ecco come sarebbe stato se avessimo fatto un viaggio insieme. Avremmo alloggiato in hotel di lusso e ordinato il servizio in camera. Ci saremmo seduti l'uno di fronte all'altra sorridendoci a vicenda.

Mi immersi nella sensazione. Calore e adeguatezza.

Centralità. Una parte di me sapeva che non sarebbe durata, ma la ignorai fermamente.

Per il momento, mi sarei crogiolata nelle attenzioni dell'uomo di cui mi ero perdutamente innamorata.

~

Adrian

NON POTEVO FARLO.

Mi sarei allontanato completamente dall'impresa.

Niente Interpol. Niente vendetta personale. Kat meritava di essere guarita, e abbattere o uccidere il suo unico genitore le avrebbe fatto perdere ulteriormente il suo equilibrio.

Dopo aver mangiato, lavorai velocemente per sistemare le cose in sospeso mentre lei era in bagno a spazzolarsi i capelli e a prepararsi.

Poi portai fuori Kat. Feci finta di farlo per lei – perché aveva bisogno di uscire dopo essere stata imprigionata per quattro giorni – ma in realtà lo facevo per me.

Stavo assaporando le ultime ore con lei.

La portai prima a Meir Street per fare acquisti. Le trovammo un bel cappotto di lana rossa, e io glielo comprai, ma lei si rifiutò di indossarlo.

«Non voglio togliermi la giacca.» Si abbracciò come per impedirmi di togliergliela. «Ha il tuo odore e mi fa sentire al sicuro.»

Il mio corpo si sciolse in sciroppo caldo.

«Oh.» Sbatté le palpebre verso di me, fermandosi. «Ma tu hai freddo?»

Era carina in modo ridicolo. «No.» Un nodo mi strinse

la gola. «Sono russo, questo non è freddo per me. Tienila tu, *malyška*.»

Dopo Meir Street ci dirigemmo verso il quartiere dei diamanti, dove le comprai un piercing con un diamante rosa per sostituire il cerchietto d'oro che indossava al naso.

Per cena andammo in un ristorante caratteristico. Per tutto il tempo memorizzai il volto di Kat. Il suo sorriso. La sua esuberanza, che si accendeva e attenuava in uno schema caotico. Ordinai caffè e dessert, poi mandai un messaggio dal suo telefono, quello che avevo rimesso insieme mentre era in bagno. Misi il telefono sulla sedia accanto a me.

«Devo uscire per fare una telefonata. Tu rimani qui.» Era un ordine, ma mite.

Mi scrutò il viso mentre stavo in piedi.

Toccai il tavolo. «Non andartene, *malyška*.»

«Non me ne andrò» promise, e io le credetti.

Quello, più di ogni altra cosa, fu ciò che mi fece crepare il petto dal dolore mentre mi allontanavo sapendo che non avrei visto mai più la figlia di Leon Poval.

CAPITOLO TREDICI

Kat

ME NE RIMASI SEDUTA LÌ, accanto alla finestra del ristorante, per un buon quarto d'ora prima di farmi irrequieta.

Avevo bevuto un caffè e mangiato la torta al cioccolato, e Adrian non era ancora tornato.

Scortese.

Mi aggrappai alla mia indignazione per altri dieci minuti, prima che i viticci della paura si insinuassero in me.

Adrian mi aveva lasciata lì.

No, no, non l'aveva fatto. Sicuramente no. Mi aveva detto di restare.

Oddio! Mi aveva lasciata di sicuro!

Un telefono squillò al nostro tavolo e saltai. Guardai sotto il tavolo. Nella busta. Alla fine, lo vidi nel posto di Adrian. Inspirai con forza quando mi resi conto che era mio.

Mi aveva lasciato il mio telefono.

Forse era lui!

Lo presi e guardai, prima di vedere chi stava chiamando. Mio padre.

«C-ciao… papà?»

«Kateryna» gridò mio padre. «Stai bene?»

Gli occhi mi si riempirono di lacrime, anche se non ero nemmeno sicura del motivo per cui stavo piangendo.

«Sì.» Suonai poco convincente.

«Dove sei? Passamelo.»

Mi guardai intorno, come aspettandomi di trovare Adrian nelle vicinanze, ma ovviamente non c'era.

Era sparito.

Era una trappola? Adrian si nascondeva da qualche parte nelle vicinanze per poter uccidere mio padre quando sarebbe arrivato?

Non riuscivo nemmeno a pensare in modo lucido. La mia mente era sfocata e le tempie avevano iniziato a pulsare. La cosa peggiore di tutte fu il panico crescente, che mi fece gelare i palmi e palpitare il cuore.

«N-non ne sono sicura. Ehm... sono al Radisson Blu Astrid. Stanza 434. Ci vediamo lì.» Chiusi la chiamata prima che potesse rispondere e mi alzai dal tavolo.

Dovevo uscire dal ristorante prima di scoppiare a piangere. Presi la busta e la mia borsa e ci frugai dentro alla ricerca di una carta di credito mentre incespicavo verso la porta. La diedi al nostro cameriere, quando si avvicinò.

«Il signore si è già occupato del conto» mi disse dolcemente. «Mi ha chiesto di darle questo.» Mi porse un biglietto piegato, che aprii con foga e tenni fra dita tremanti come se fosse la mia ancora di salvezza.

«Grazie. Grazie mille» dissi senza fiato, correndo fuori dal ristorante. Una volta fuori, inspirai l'aria fredda nel tentativo di calmare il cuore che scalpitava.

Aprii il biglietto e mi misi sotto un lampione per leggerlo.

KAT,

mi dispiace tanto per la tortura a cui ti ho sottoposta. È stato sbagliato da parte mia coinvolgerti, e mi pentirò di come ti ho trattata fino al giorno della mia morte.

Non mi aspetto il tuo perdono, ma voglio che tu sappia che per te ho fermato la vendetta contro tuo padre. Tu hai cambiato me e il mio cuore.

Conosci il mio nome e sai dove vivo. Fai quello che devi.

Penserò a te che realizzi i tuoi vasi. Trova il tuo centro. Sii la tua versione più luminosa e bella.

Mi hai preso il cuore, e non lo voglio indietro.

A.

«ADRIAN» sussurrai, premendomi il biglietto sul petto mentre le lacrime mi scendevano sulle guance. «Mi hai lasciato.»

Ora sapevo che Delaney aveva ragione: avevo problemi con l'abbandono. Perché non avrei proprio dovuto sentirmi come se le membra mi fossero state strappate dal corpo.

Niente – *niente* – mi aveva mai fatto così male.

SAPEVO che il biglietto era pieno d'amore. Era carico di scuse e di rispetto. Ma io non volevo niente di tutto ciò. Rivolevo solo Adrian.

Accidenti a lui! Come poteva farmi questo? Poteva davvero pensare che lasciarmi fosse un dono? Supposi che il dono fosse mio padre ancora in vita. E Adrian non riusciva a convivere bene con l'idea di mio padre ancora in vita.

Mi si agitò lo stomaco mentre mi chiedevo cosa fare con mio padre.

Fai quello che devi.

Come no. Non c'era alcuna possibilità che rivelassi l'identità di Adrian a quell'omicida di mio padre.

Padre, omicida e… trafficante sessuale.

Argh. Non volevo nemmeno tornare in hotel. Non sapevo come avrei fatto a guardare di nuovo mio padre negli occhi senza vomitare.

Trovai una panchina su cui sedermi, così da potermi riprendere e pensare. Dovevo prendere un taxi o un Uber. Dovevo far reggere bene la storia.

Sbloccai il telefono per prenotare un'auto e vidi che i messaggi erano aperti. Un'intera pagina di conversazione tra Adrian e mio padre. Le mie foto. Le sue richieste. Le risposte di mio padre.

Li lessi.

I soldi erano finiti sul mio conto? Aprii l'app della banca per controllare il saldo e rimasi senza fiato. Quasi quattro milioni di sterline. Erano ancora lì. Adrian non li aveva presi.

Avrebbe dovuto – sarebbe stato più difficile per me inventare una storia su un rapitore quando… un attimo. Rilessi i messaggi. Una sensazione di malessere da vertigini mi investì mentre pensavo alla mia ultima idea.

Sì… avrebbe potuto funzionare.

Mio padre avrebbe dato di matto, ma era comunque meglio del pensiero di lui che dava la caccia a Adrian.

Aprii l'app Uber e prenotai un'auto. Potevo farcela. Inalai un respiro tremolante, lo trattenni e lo lasciai uscire lentamente dopo aver contato fino a dieci, come mi aveva insegnato Delaney. Potevo assolutamente farcela.

~

Adrian

«Ho bisogno del primo volo per Chicago.»

Ero all'aeroporto. Dopo aver lasciato Kat nel ristorante ero tornato indietro per prendere il mio borsone in hotel, quindi ero venuto direttamente qui.

Nel cuore avevo una voragine delle dimensioni di un tronco d'albero, e la distanza sembrava la soluzione migliore. Inoltre, Leon Poval probabilmente stava già setacciando la città per darmi la caccia.

Ironico come solo una settimana fa quella sarebbe stata la migliore notizia possibile. Ma ora che avevo deciso di lasciarlo incolume, era un grosso problema. E sarebbe stato un problema ancora maggiore se si fosse presentato a Chicago.

Ma me ne sarei occupato quando fosse accaduto, nel caso. Errore: ce ne saremmo occupati. La bratva mi avrebbe guardato le spalle.

E non avrei pianto troppo se uno di loro avesse fatto fuori Poval perché io non potevo farlo in buona coscienza.

«Il primo volo che abbiamo è domani alle otto del mattino.»

Dannazione.

Speravo in una sorta di volo notturno in partenza quella sera stessa.

«Lo prendo.»

Consegnai un passaporto e una carta di credito diversi da quelli che avevo usato in hotel e presi i biglietti.

Valutai l'idea di pernottare all'aeroporto, ma pensai che potesse attirare l'attenzione, quindi partii e presi un taxi per l'hotel più vicino. Arrivai lì, lanciai il borsone sul letto e mi misi a camminare in cerchio con le mani sulla testa. Non volevo star lì. La camera d'albergo mi ricordava Kat.

Tutto mi ricordava Kat.

Sarei dovuto rimanere in aeroporto. Meritavo il disagio di dormire scomodo su un lettino dell'aeroporto. Girai intorno alla piccola stanza, facendo il giro fino a quando non mi fermai davanti a un muro e ci sbattei la fronte contro.

Maledizione!

Avevo fatto la cosa giusta. Lo sapevo. Avrei dovuto sentirmi meglio di così.

Non mi interessava più nemmeno la vendetta. Non sentivo di aver deluso Nadja, anche se l'avevo fatto.

Solo che ora sapevo che non riguardava lei. Non aveva bisogno che lo facessi. Mi ero raccontato quella storia, ma non era vera. Mi ero imbarcato in quell'avventura per me stesso. Mi sentivo violato da Poval per conto di mia sorella, ed ero io a voler vendetta.

Era stata una stupida, glorificata impresa da maschio alfa che non risolveva né correggeva nulla per Nadja.

Tutto quello che avevo fatto era stato ferire Kat.

Ma era stata lei a ridere per ultima. Perché in quel momento sembrava che mi fosse esplosa una granata nel centro del petto, dove ora non rimaneva che un'enorme cavità spalancata. Lacerata. Sanguinante. E soprattutto, vuota.

Mi lasciai andare a un po' di fantasie sulla possibilità di rivedere Kat. Forse sarei andato a Liverpool. Non mi sarei fatto vedere, stavolta l'avrei pedinata meglio.

Ma avrei potuto solamente vederla. Esserle vicino.

Sapere che stava bene. Forse sarei potuto intervenire, se qualcuno avesse fatto di nuovo casino con lei.

Gospodi, che idiozia.

Ovvio che non sarei andato a Liverpool.

Non avrei mai più potuto vedere Kat, ed era quella la parte che mi uccideva, cazzo.

Ravil mi chiamò, e io risposi.

«Mi hai davvero risposto.»

Avrebbe continuato a rompermi le palle per un po' sull'argomento.

«L'Interpol vuole la posizione di Poval» mi disse. «Ti ho appena inviato un messaggio con il numero di telefono di chi contattare. È ricercato in Ucraina, Italia e Romania. Inoltre, gli Stati Uniti hanno presentato documenti di estradizione per portarlo qui con l'accusa di traffico sessuale.»

«Lo lascio andare.»

Ravil rimase in silenzio per un momento.

Mi aspettavo che mi cazziasse di nuovo per il pericolo in cui avevo messo la cellula e per il modo in cui avevo gestito tutta la storia, ma non disse altro che: «La decisione è tua.»

«Grazie. Ho deciso così.»

«Se cambi idea, l'Interpol sa che si trova ad Anversa e sta aspettando la tua chiamata.»

«Non cambierò idea.»

«Va bene. Possiamo aiutarti in qualche modo, Adrian?»

«Ho lasciato andare Kateryna. Torno a casa con il primo volo, domani mattina.»

«Allora, a domani.»

«Sì. *Do skorogo.*» Terminai la chiamata. La pesantezza nella fossa del mio stomaco non era diminuita nemmeno un po'.

Il pensiero di tornare a casa – o a quella che era diventata la mia casa – avrebbe dovuto essere un sollievo. Nadja aveva bisogno di me. Sarei stato con i miei fratelli bratva. Ma non riuscivo nemmeno a immaginarmi lì. Ero cambiato tantissimo negli ultimi quattro giorni.

Kat mi aveva cambiato. E non sapevo nemmeno come sopravvivere un solo giorno senza di lei.

~

Kat

NELL'UBER SULLA STRADA per l'hotel, mi tolsi la giacca di pelle di Adrian e me la sollevai sul viso per respirarne il profumo. Almeno avevo quella cosa sua per ricordarlo. La infilai nella busta e indossai il cappotto nuovo, prima di uscire.

In hotel, trovai la porta della nostra camera d'albergo socchiusa e la stanza piena di uomini. Sei pistole oscillarono e mi vennero puntate contro.

Lasciai cadere la busta e sollevai le mani in aria. «Calmi, ragazzi» dissi nella mia lingua madre.

Mio padre sedeva nell'ombra, sulla sedia vicino alla finestra.

«Papà.»

Fece segno ai suoi uomini, e due di loro mi spinsero nel corridoio per perquisirmi.

«Dov'è?»

«Ah, allora è questo il punto.» Mi scostai i capelli ed entrai come la regina del castello. «Non c'è nessuno.»

Mio padre strinse gli occhi. «Di cosa stai parlando?»

«Dovevo scoprire solo se era vero.»

«Cosa sono questi indovinelli?» scattò.

«Tu traffichi schiave sessuali. Ho scoperto tutto.»

Niente di tutto ciò era una bugia, e lasciai che il mio disgusto e la mia amarezza si manifestassero come furie, anche se tremavo di paura.

Quello non era il comportamento che solitamente avevo con mio padre.

Sapevo essere petulante e sfacciata, ma era un atteggiamento che derivava da mancanza di potere. Adesso era la prima volta che mi rapportavo a mio padre da pari.

Come una donna, non una bambina.

Per la prima volta non avevo paura di perdere il suo amore, un amore che probabilmente non avevo mai avuto, tanto per cominciare.

«Volevo che vedessi come ci si sente a credere che tua figlia sia stata abusata come quelle donne.»

Mio padre si alzò in piedi, e dovetti farmi forza per non indietreggiare.

La verità era che, per quanto volessi disperatamente che quell'uomo mi volesse bene, per quanto fossi imbronciata e viziata e mi comportassi come il totale contrario di una brava bambina, sotto a tutta quella patina ero terrorizzata da lui.

L'avevo visto uccidere un uomo proprio di fronte a me. Non di recente – era stato anni fa, quando ero molto piccola – uno dei suoi lo aveva fatto arrabbiare e lui gli aveva tagliato la gola nel nostro salotto. Mia madre mi aveva afferrata e si era rinchiusa con me in un bagno fino a quando mio padre non si era scusato promettendo che non avrebbe mai più permesso a sua moglie e sua figlia di assistere a volenze a casa loro.

Ero convinta di aver compartimentato quell'incidente perché non sapevo come riconciliarlo con l'uomo di cui avevo bisogno per sopravvivere.

Ma non avevo più bisogno di lui. Sinceramente, non lo volevo più.

Se Adrian si fosse preso il tempo di chiedermi cosa volevo, avrei potuto dirglielo.

Se pensava che risparmiare mio padre fosse un dono per me, si sbagliava.

Mi si avvicinò, mi afferrò il cappotto nuovo per scuotermi. «Che cosa stai dicendo?» gridò.

Mi rivolsi a lui con orgoglio. «Mi sono rapita da sola» gli dissi.

Mi lasciò il cappotto e mi colpì.

Caddi sul pavimento, il dolore mi esplose nella guancia. Ero scioccata e sorpresa. Non mi aveva mai picchiata prima, ma certamente sapevo che ne era capace.

Determinata a non piegarmi, mi aggrappai alla mia indignazione e mi rimisi in piedi. «Come ci si sente?» chiesi.

«Lasciateci soli» ordinò mio padre ai suoi uomini. «Andate all'hangar.» Uscirono dalla stanza e si chiusero la porta alle spalle.

Non riuscivo a decidere se fosse meglio o peggio stare da sola con lui.

Mi schiaffeggiò di nuovo, stavolta con la mano aperta, e mi resi conto che la mia vecchia vita si era finalmente e completamente sbriciolata. Non sarei mai potuta tornare a essere la ragazza bisognosa e non amata che si comportava male per attirare l'attenzione del padre.

Era finita. Ero cresciuta. E non avevo idea di come ne sarei uscita.

CAPITOLO QUATTORDICI

Adrian

DORMIRE SEMBRAVA IMPOSSIBILE QUELLA NOTTE, quindi passeggiai ancora un po' nella stanza d'albergo prima di pensare di chiamare Nadja per dirle che stavo tornando.

«Ciao, Adrian» disse in inglese.

Bene, stava praticando la lingua. Sarebbe stato un enorme passo avanti per sentirsi più a suo agio a Chicago.

«Ehi. Come stai?»

«Qui va tutto bene. Tu che mi dici?»

«Torno domani.»

«Quindi... cos'è successo? Lo hai... finito?»

Mi sedetti sul letto e appoggiai i gomiti sulle ginocchia. «Ah... no. No, non l'ho fatto, Nadja.» Mi schiarii la gola. «Ho intenzione di lasciarlo andare.» Il senso di colpa e la vergogna mi attaccarono da tutte le direzioni.

«Cos'è successo, Adrian?»

«Non è successo niente. Va tutto bene.»

«Adrian, puoi fare qualcosa per me?»

Ingoiai il nodo alla gola. «Sì, qualsiasi cosa.»

«Smettila di mentire. So che è successo qualcosa e so che c'è qualcosa che non va. Non sono così fragile, non ho bisogno che tu mi protegga. Merito di sapere cosa sta succedendo.»

Il cuore mi batté dolorosamente contro lo sterno.

«Sì. Hai ragione. Va bene...» Feci un respiro profondo ed espirai, passandomi le dita tra i capelli. «Avevo un vantaggio su Leon Poval. Ha una figlia che ha all'incirca la tua stessa età che vive in Inghilterra.»

Nadja inspirò scioccata, ma non disse nulla.

«L'ho, ehm, rapita.»

«Cosa? Adrian! Oddio, sei fuori di testa! Come hai potuto…»

«Non le ho fatto del male, Nadja. Insomma, avevo pianificato di far credere a Poval che fosse in pericolo in modo che venisse a salvarla, ma, ah...»

«Sei tornato in te.» Un sussurro di sollievo mi colpì, alla sua comprensione.

«Sì. Esattamente.»

«Dov'è?» chiese Nadja. «È con te?»

Un nuovo dolore si insinuò dentro di me. «No. L'ho restituita a suo padre.»

«È al sicuro con lui?»

Un serpente freddo e strisciante mi si mosse nello stomaco. *Lo era?*

Era sua figlia, quindi ovviamente sì. Eppure i ricordi di tutte le cose che aveva detto su di lui si insinuarono di nuovo in me, specialmente l'ultima, quando era crollata con la consapevolezza che probabilmente aveva ucciso sua madre.

Era al sicuro con lui?

La domanda mi frullava in testa, e ogni secondo che passava la consapevolezza si insinuava dentro di me.

L'avevo lasciata nella tana del leone?

Avevo pensato di farle un favore, di riportarla in salvo. Ma con quell'uomo, alla fin fine, non era al sicuro.

Non emotivamente. E forse nemmeno fisicamente. Dopotutto, sospettava che avesse ucciso la madre.

Forse non le avevo fatto alcun favore lasciandola libera.

«Non lo so» riuscii a dire a Nadja. La mia voce suonava soffocata. «Cazzo, lo spero.»

«Ti importa di questa donna, vero?»

Chissà come l'aveva capito solo dalle mie parole. Ma io ammisi tutto. «Sì.» E poiché si trattava di Nadja, che aveva mostrato tantissima vulnerabilità nell'ultimo anno anche solo raccontando le sue storie, ero disposto a dirle quello che a malapena avevo ammesso a me stesso. «Penso di essere innamorato.»

«Pensi o lo sai?»

«La amo, Nadja. E ho fatto un casino.»

«Adrian, devi tornare indietro e combattere per lei» disse Nadja con totale chiarezza.

In effetti, sembrava più forte e più sicura di sé di quanto non la sentissi da anni. Come se quella fosse l'unica cosa che sapeva. Ero incline a crederle. Perché sicuramente puntare tutta la fiducia sul mio piano non aveva funzionato.

«Sì. Dovrei... dovrei solo esserne sicuro.»

«Fa' la cosa giusta, Adrian.»

«Pensavo di averla fatta» mi lamentai mentre infilavo gli stivali. «Ma sembra tutto sbagliato.»

«Ne verrai a capo. Non tornare a casa finché non sei sicuro, ok? Io qui sto bene. Ho la mia routine e... degli amici.»

Mi si strinse il petto. Era la prima volta che definiva amiche le persone che abitavano nel nostro edificio, ed ero veramente grato che si sentisse così.

«Ok, ti chiamo più tardi.»

«Dille che la ami» gridò Nadja mentre stavo attaccando.

Non ero sicuro che lo volesse. Ma avevo bisogno di sapere che stava bene. Avevo messo un'app di localizzazione nel suo telefono prima di restituirglielo. La controllai.

Era tornata al Radisson. Forse sarei potuto andare laggiù, solo per vedere se andava tutto bene. Ero sicuro che stava bene. Poval in fondo era suo padre. Non le avrebbe fatto del male. Perché avrebbe dovuto?

Eppure, qualcosa mi spinse a correre giù per le scale invece di prendere l'ascensore. Stavo già cercando un'auto su un'app di car sharing, ma quando uscii trovai un taxi che stava lasciando qualcuno che veniva dall'aeroporto e saltai su.

«Devo andare al Radisson Blu Astrid» gli dissi. Il tassista grugnì e fece un cenno e si mosse rapidamente attraverso le strade tranquille e buie.

Una volta arrivato in hotel, smontai. Il portiere mi riconobbe e mi aprì la porta. Dentro presi l'ascensore, consapevole di quanto fosse stupido. Se Poval o uno qualsiasi dei suoi uomini mi avessero visto, mi avrebbero ucciso.

E non avevo nemmeno un'arma: avevo lasciato cadere la pistola in un bidone della spazzatura mentre andavo all'aeroporto, perché sapevo di non riuscire a farle superare i controlli di sicurezza. Eppure sentivo di non poter tornare indietro.

Ogni volta che pensavo a Kat, il panico mi saliva in gola.

Uscii dall'ascensore con tutti i sensi vigili. Nel corridoio non c'era nessuno. Mi insinuai verso la stanza. Probabilmente non c'era nessuno. Forse avevano già lasciato il paese. Poval probabilmente aveva un aereo privato.

E poi sentii un grido di dolore dalla nostra stanza, e mi precipitai lì.

Kat!

Avevo ancora la chiave magnetica della stanza, visto che non avevo mai fatto il check-out; la tirai fuori dalla tasca posteriore e la avvicinai alla serratura. Una luce verde lampeggiò e spalancai la porta.

Kat era in ginocchio, il viso contuso e sanguinante. Suo padre la teneva per i capelli.

Spostò l'attenzione su di me.

Avevo l'effetto sorpresa dalla mia parte, e ne approfittai: mi fiondai su Poval e lo buttai a terra. Lui gridò qualcosa nella sua lingua madre. Gli colpii la faccia con un pugno, rompendogli il naso, colpendo i denti.

Sentii la voce di Kat, che alimentò la mia furia. Non riuscivo a capire cosa stesse dicendo, sapevo solo che lui le aveva fatto del male, cazzo. Meritava di morire.

Cercò di combattere, ma era basso, più vecchio e aveva il panzone. Era chiaramente fuori forma.

«Ti piace far soffrire le donne?» sibilai.

«Ha una pistola!» gridò Kat. Lottai per togliergliela, sbattendogli il polso contro il pavimento fino a quando non cadde. Lei la raccolse e gliela puntò testa.

Poval gridò qualcosa in ucraino a Kat, che sollevò il labbro in una smorfia.

«Dov'è la mamma?»

Non riconobbi nemmeno la sua voce, da quanto era carica di veleno.

La ragazza selvaggia e turbolenta che avevo conosciuto pochi giorni prima non c'era più. Quella che non poteva essere scalfita da me né da chiunque altro sul suo cammino.

Questa era posseduta dal dolore. Lo aveva accolto. E lo stava usando per alimentare una tempesta di fuoco.

Frugai in tasca alla ricerca di una fascetta mentre lei dava un calcio alle costole di Poval. «Ti ho fatto una domanda, vecchio. Dov'è?»

Sputò sangue e le fece un sorriso malefico. «Nella tomba.»

Kat cercò di sparare, ma c'era la sicura. Poval vacillò, apparentemente scioccato dal fatto che la figlia lo volesse morto sul serio.

«*Non farlo*. Non farlo, *malyška*.» Spostai Poval con la faccia a terra e gli tirai i polsi indietro per legarglieli. «Non è necessario. L'Interpol lo sta cercando. Non resterà a piede libero.»

Gli legai le caviglie con la fascetta, poi lo trascinai verso il letto e legai i polsi alla sua struttura.

Kat non abbassò la pistola.

La tenne rivolta a Poval con le mani tremanti, con gli occhi lucidi di lacrime non versate e la bocca tirata in una smorfia cupa.

«Dammi la pistola, tesoro. Per favore.» Mi alzai e tesi la mano. Non distolse lo sguardo dal padre.

«Ce ne andiamo. Io e te. Insieme, se vuoi. Dammi la pistola e possiamo andarcene. Se però gli spari, le cose si complicano. Per favore, *malyška*. Dammela.»

Rimase indecisa per un altro momento, ma quando mi mossi lentamente per prendergliela si lasciò andare e si abbandonò tra le mie braccia.

«È finita, Kit-Kat. Ora sei libera da lui. Lo siamo entrambi. E abbiamo l'un l'altra.»

Girò il viso verso di me, e quando vidi il livido che le era comparso sullo zigomo e il labbro gonfio, quasi rimpiansi la decisione di non averglielo lasciato uccidere.

Ma non volevo che convivesse con quel peso, né avrei potuto chiederle di venire a vivere con me se fossi stato io a sparargli.

Il dolore che le brillava negli occhi però era peggio di tutti i lividi.

«Mi hai lasciata» disse con labbra tremanti.

«È stato un errore» dissi d'impulso, incredibilmente sollevato di averla di nuovo tra le mie braccia. «Un grande errore del cazzo. Sono stato stupido. Non me ne sarei mai dovuto andare.» Cercò di appoggiare la guancia contro il mio petto, poi ammiccò e cambiò lato.

Suo padre sputava veleno nella nostra direzione, ma non riuscivo a capirlo. Il corpo di Kat tremava contro il mio. La tenni abbracciata mentre inviavo al numero dell'Interpol datomi da Ravil l'indirizzo dell'hotel, il numero della camera e una foto di Leon Poval.

«Andiamocene di qui.»

Infilai la pistola nella cintura sulla schiena e recuperai la giacca dalla busta che si trovava vicino alla porta. Le presi la mano per condurla fuori dalla stanza. «I suoi sono nell'hangar» disse quando ci chiudemmo la porta alle spalle.

«Lo dirò all'Interpol.» Inviai un altro messaggio al numero con quelle informazioni. «Preferirei andarmene prima che arrivino, però.» La condussi all'ascensore e, una volta dentro, la strinsi di nuovo contro di me.

«Perché ti ha fatto del male, Kat?»

Sollevò il mento. «Gli ho detto di aver inscenato io il rapimento.»

«Kat» sussurrai sgomento. «Non avresti dovuto.»

Le labbra le tremarono di nuovo. «Pensavi davvero che gli avrei fatto il tuo nome?»

Le accarezzai i capelli nel punto in cui Poval l'aveva strattonata. «No» dissi sottovoce. «Ma non ti avrei incolpata, se lo avessi fatto.»

«Potrei perdonarti tutto, Adrian» disse, gli occhi di nuovo pieni di lacrime, «tranne che mi lasci.»

Il cuore mi si agitò e palpitò. «Mai più» giurai.

«Pensavo che mi avresti tenuta con te.»

«Ma io *ti tengo*» dissi immediatamente. «Ti porto a Chicago con me. Avrai il tuo studio per lavorare la ceramica e potrai insegnarmi a trovare il mio centro.»

«Adrian.» Sembrava spezzata.

«Mi dispiace, Kateryna. Volevo sistemare le cose, ma ho fatto un casino.»

«Mi tieni con te?» Aveva un'espressione imbronciata che mi riempì d'amore.

La presi tra le mie braccia mentre le porte dell'ascensore si aprivano. «Sì. Per sempre. E tu mi tieni con te?»

Uscii. Mi infilò la faccia contro il collo, avvolse le braccia sottili sulle mie spalle. «Io non tengo. Io vengo tenuta.»

«Giusto, certo» la assecondai. «Mi permetterai di tenerti?» Il portiere mi aprì la porta e sorrise; non vedeva i lividi di Kat.

«Posso chiamarti paparino?»

«No.»

«Padrone?»

Feci un verso disgustato.

«Perché no?»

Il suono delle sirene che si avvicinavano all'edificio mi fece accelerare il passo in direzione del taxi di fronte.

«Forse padrone» le concessi mentre la rimettevo a terra e aprivo la portiera posteriore. «Vediamo.»

Batté le mani con gioia. Le sue lacrime si erano già asciugate. «Lo fai benissimo.»

Diedi all'autista il nome del mio hotel e la tirai al mio fianco. «Sono stronzo fino in fondo.»

«Solo in superficie.» Che bello che stesse facendo la carina. Era un segno che si sentiva più in pace con sé stessa. «Non sei uno stronzo. Ok, a volte sì, ma a me piace.»

«Lo so» mormorai contro la sua tempia. «E a me piace darti quello che piace a te.»

Mi si avvicinò e sbatté le ciglia. «Come fai a farmi stare così bene?»

Feci spallucce. «Non lo so. Forse perché ho un buon rapporto con mia sorella.»

Kat sussultò dall'entusiasmo. «Conoscerò Nadja! Oh no, pensi che mi odierà?»

«No. Mi ha detto di non tornare finché non avessi sistemato le cose con te.»

«Davvero?» Adorai l'espressione di soggezione di Kat.

«*Da.* In qualche modo ha intuito che sono follemente innamorato di te e ha fatto in modo che lo capissi anch'io.»

Il viso di Kat si contrasse e improvvisamente iniziò a singhiozzare.

«*Malyška.* Bambina. *Gospodi,* che c'è?»

Me la tirai sulle ginocchia e premetti le labbra sui suoi capelli.

«È vero? Sei follemente innamorato di me? Sul serio?» Infilò il viso bagnato nel mio collo.

«Verissimo. Follemente, Kit-Kat.»

Tirò su con il naso. «Ma mi conosci appena. E se arrivati a Chicago cambiassi idea?»

Risi. «Ti conosco. Ti conosco, Kat. Posso non conoscere tutti i dettagli, ma conosco l'essenza. So che possiedi tutte le qualità che io non possiedo. Sei brillante, felice e resiliente. Rimani allegra di fronte a grandi avversità. Attacchi rapidamente e perdoni facilmente. Sei giocosa, gentile e perversa, cazzo.» Abbassai la voce sull'ultima parte, in modo che il tassista non sentisse.

Rise tra le lacrime. «Sei davvero innamorato o ti senti

solo responsabile per me? Perché anch'io ti conosco, Adrian. Sei smosso dai sensi di colpa.»

Mi si rivoltò un po' lo stomaco al peso dell'emozione. «Mi sento in colpa, sì.» Le massaggiai la nuca con le dita. «Ma voglio qualcosa da te, Kat. Qualcosa di più del perdono.»

«E cosa?» sussurrò.

«Te» mormorai. «Voglio te. Ti voglio sotto di me mentre fai quei tuoi versi entusiastici prima di venire.» Le mie labbra erano posate sul suo orecchio, in modo che quelle parole fossero solo per lei. «Ti voglio in ginocchio con quella piccola bocca imbronciata intorno al mio cazzo. Ti voglio sulle mie ginocchia mentre faccio diventare rosa il tuo bel culo.»

Si dimenò sulle mie ginocchia, la sua pancia tremò per le risate.

«Ma non è solo sesso. Ti voglio, Kit-Kat. Voglio – *ho bisogno* – di essere il tuo centro. L'asse attorno al quale ruoti. Il punto fisso in cui non oscilli.»

«Adrian» sussurrò.

«Voglio esserci quando riempi ogni stanza con la tua grande personalità.»

«Mi stai dicendo che sono *esagerata*?» chiese, fintamente offesa.

«Sei sicuramente esagerata.»

Mi fissò. «Cosa succederà quando cambierai idea?»

Ah, la mia dolce Kateryna, tanto ferita dall'abbandono del padre… Le avrei insegnato a fare affidamento su di me. Sarei stato la sua roccia.

«Non cambierò idea. Niente di ciò che farai o dirai mi farà mai andar via. E lo sai perché, *malyška*?» Assunsi un tono stuzzicante.

«Perché?»

Gli angoli delle mie labbra si tirarono in un sorriso. «Perché so gestirti quando ti comporti male.»

Strinse le cosce e si mosse di nuovo.

«Mi prenderò cura di te, Kat. Lo prometto.»

«Anch'io mi prenderò cura di te.» Sfoggiò i suoi occhi da gattina sexy, e ora toccò a me dovermi agitare sul posto.

Il taxi si fermò davanti all'hotel e scendemmo.

«Vuoi cominciare?» le chiesi, prendendole la mano.

«Cominciare cosa?»

«A prenderci cura l'uno dell'altra.»

Mi sorrise, piena di fiducia. «Abbiamo già cominciato, mi pare.»

CAPITOLO QUINDICI

Kat

«Oĸ, quindi ci sono Ravil, Lucy e il figlio Benjamin, poi Maxim e Sasha, e Oleg e Story all'ultimo piano.»

Adrian annuì. Eravamo partiti in auto dall'aeroporto dopo un volo di prima classe per Chicago. Avevo usato i soldi miei per comprare i biglietti, perché ora avevo i cinque milioni di dollari che Adrian aveva estorto a mio padre. Avevo intenzione di darli a Nadja per compensare gli orrori che mio padre le aveva inflitto, ma era stato bello usare la mia carta di debito per un volo di lusso e tirare fuori una pila di contanti dal bancomat.

Avevamo dovuto aspettare due giorni nell'hotel di Adrian perché uno dei suoi fratelli bratva in Inghilterra facesse irruzione nel mio appartamento e prendesse il passaporto, in modo che non dovessi andare a Chicago su una nave mercantile. Erano stati anche così gentili da imballare tutti i miei effetti personali e spedirli in America.

Adrian mi aveva chiesto se volevo che tornasse lì con me in modo che potessimo farlo noi, ma avevo detto di no.

Ero pronta a chiudere la porta della mia vecchia vita.

Il mio passato non significava nulla. Mio padre era morto, per me. Non avevo veri amici a Liverpool. Mi sarebbe mancato lo studio per lavorare la ceramica, ma Adrian aveva promesso che ci sarebbero stati torni e lezioni a Chicago. Era una grande città.

«Anche Sasha ha una personalità dirompente, quindi o vi adorerete o vi odierete» mi disse Adrian.

Mi si agitò lo stomaco. «Pensi che non le piacerò?»

Adrian sorrise. «Non ho detto questo. È molto simile a te, le piacciono tutti. Ma è anche un'attrice, e ama stare al centro dell'attenzione.»

Feci il broncio. «Io non ho bisogno di stare al centro dell'attenzione.»

Adrian era rilassato, più rilassato di quanto non lo avessi mai visto, e mi indirizzava sguardi divertiti, mentre io mi impegnavo a contenere il nervosismo.

«Lascia che ti chieda questo, *malyška*: hai intenzione di girare per il Cremlino in abiti da studentessa?»

Il Cremlino, avevo appreso, era il soprannome dato all'edificio dove abitava, perché ospitava principalmente russi e aziende di proprietà russa.

«In che altro modo posso far capire che mi sento scandalosa?»

Il sorriso di Adrian era indulgente. «Sai che questo significa che dovrò prendere a pugni molti ragazzi, giusto?»

«In che senso?»

«Insomma, ti guarderanno e la cosa mi farà incazzare, quindi dovrò prenderli a testate.»

Risi, deliziata dalla sua futura gelosia. «Magari mi vestirò così solo per te, allora» gli dissi.

Gli occhi gli brillarono di apprezzamento. «Lo faresti per me?»

«Se me lo ordinassi.» Giocherellai con la punta di una delle mie trecce. «Potrebbe essere una regola.»

Adrian si spostò per sistemarsi il pacco e mi si tesero i capezzoli, sapendolo eccitato. «È una regola» disse burbero. Negli ultimi due giorni, non era stato brutale nel modo che tanto mi piaceva. Ero convinta che i lividi sul mio viso lo disturbassero troppo. La maggior parte del tempo insieme prima del volo per l'America lo avevamo passato con lui che mi teneva impacchi di ghiaccio sulla guancia e che si assicurava di accontentare ogni mio bisogno.

Dannatamente dolce.

Anche il sesso era stato dolce, il che era bello, ma non necessariamente adatto a me. Fortunatamente, Adrian sembrava ancora abbastanza disposto a stare al mio gioco.

«Mi sbagliavo» disse «non sei come Saša. Lei ha una vena esibizionista. Tu... beh, hai una fissa per l'autorità. No?»

«Solo per la tua.»

Emise un gemito di approvazione. «Dici tutte le cose giuste.»

«Allora, Majkl è il portiere e un tuo amico russo, e Nikolaj è l'hacker.»

«No, Dima è l'hacker, il gemello di Nikolaj. Nikolaj è l'allibratore.»

«E quale dei due ha una fidanzata russa?»

«Dima.»

«E Story è la rockstar.»

«Giusto.»

L'avevo interrogato senza sosta sulla sua vita a Chicago, in parte per distrarmi dalla fine della mia vecchia vita. In parte perché volevo sapere cosa aspettarmi. Volevo adattarmi e fare amicizia e dire le cose giuste.

«E il tuo *pachan*? Mi odierà a causa di mio padre?»

Adrian mi prese la mano e intrecciò le dita con le mie. «Assolutamente no. Lui non è uno che odia. Mantiene la calma su tutto. È molto strategico, non ama i drammi.»

Aprii la bocca per una serie di domande su Lucy, ma Adrian disse: «Kateryna.»

«Che c'è?»

«Ti vorranno tutti bene.»

«Come fai a saperlo?»

«Perché loro sono così. E perché non c'è niente in te da non amare. E perché io ti amo.»

Mi vennero le lacrime agli occhi. Non mi ero ancora stancata di sentirlo. Probabilmente erano tre parole che non avevo sentito abbastanza nella mia vita, e se poi provenivano da Adrian, significavano tutto.

«Voglio piacergli» ammisi.

«Lo so. E gli piacerai.»

Intravidi l'acqua appena prima che Adrian si infilasse in un parcheggio sotterraneo.

«È questo?» Rimasi senza fiato. «Non mi avevi detto che era sull'acqua!»

Chissà cosa mi ero immaginata… qualcosa di molto pratico. Sicuramente non di lusso. Ma avrei dovuto capirlo, visto il veicolo su cui viaggiavamo. Sapevo che le auto americane erano più grandi, ma quel SUV nero lucido era enorme ed elegante. Parcheggiò e io scesi, contenta quando mi prese la mano per condurmi all'ascensore.

Un gesto così semplice – tenere la mano – che però sembrava una rivendicazione.

Mi prenderò cura di te, Kat.

Continuavo a pensare che avrebbe cambiato idea da

un momento all'altro, ma mi era piaciuto il suo ragionamento sul perché non lo avrebbe fatto.

«Dove andiamo per prima cosa? Direttamente al tuo appartamento? Ci sarà Nadja?»

«Sì.» Adrian mi tirò contro di lui. «Non devi mai essere nervosa quando sei con me. Io ti guardo le spalle. Sempre.»

«Va bene.» Ero senza fiato. Saltellai in ascensore e scossi le spalle. «Voglio solo piacerle. Scusa, sono davvero nervosa» dissi.

Uscimmo dall'ascensore e passammo davanti a un'anziana nel corridoio. Adrian la salutò in russo, poi mi presentò: «Valentina, lei è Kateryna, la mia ragazza. Si trasferisce qui oggi.»

La donna mi prese la mano e la strinse. Mi salutò in russo e Adrian le disse: «Kat non è russa. Viene dall'Ucraina.» Poi si rivolse a me: «Kat, mia sorella lavora con Valentina, che pulisce e fa da babysitter per Ravil.»

«È un vero piacere conoscerti» dissi. Non sapevo se mi capiva, ma fece un cenno con la testa.

«Il piacere è mio. Benvenuta al Cremlino.»

«Grazie.»

Si aprì una porta in fondo al corridoio e ne uscì una giovane.

«Adrian!»

«È Nadja?» chiesi.

Nadja esitò, come se ci fosse un campo di forza invisibile a tenerla entro i confini dell'appartamento, ma poi, con apparente sforzo, varcò la soglia e uscì in corridoio.

Quando mi avvicinai, spalancò le braccia. Pensavo che avrebbe abbracciato Adrian, ma invece strinse me.

«Sorella» disse con un forte accento.

Mi lacrimarono gli occhi. Eravamo sorelle? Dio, quanto avevo desiderato una sorella, da piccola. Le restituii l'abbraccio. «Avevo paura che mi odiassi» confessai, incapace di tenere per me la preoccupazione.

Nadja indietreggiò. Aveva un'espressione seria, ed ebbi la sensazione che fosse sempre molto cupa.

«No» disse con fermezza. «Sei mia sorella.» Ci fu intensità nelle sue parole; in un attimo, mi sentii di nuovo rivendicata.

Per una volta, sentivo di appartenere a un posto. Con persone che mi volevano. Che conoscevano le cose peggiori di me – chi era mio padre e cos'aveva fatto, così come il mio bisogno, la mia brama di attenzione, la mia cattiveria – e ancora mi rivendicavano come una dei loro.

Adrian mi prese la mano e mi tirò delicatamente nel suo appartamento. Era stupefacente, aperto e luminoso, con finestroni panoramici che si affacciavano sull'acqua. Era nuovo e moderno, e assolutamente bello.

«Benvenuta a casa» mormorò Adrian.

«È tutto vero?» lo guardai sbattendo le palpebre per ricacciare indietro le lacrime.

Lasciò cadere il borsone e mi abbracciò. «Ora sei mia» mi assicurò. «È qui che ti terrò. Proprio qui. Con me.»

Gli presi le spalle e le usai per saltargli tra le braccia, a cavallo della vita come una bambina. «Promesso?»

Mi morse il seno e mi portò verso una camera da letto. «Ah-ah. Lascia che ti mostri cosa succede se cerchi di scappare.»

Risi e mi voltai indietro verso Nadja, che sfoggiava un sorriso sorpreso.

«Io scendo al piano di sotto» annunciò ad alta voce.

Adrian si fermò e si girò, come sorpreso. «Davvero?»

«Sì» disse disinvolta, ma da quello che Adrian mi aveva raccontato sapevo che per lei era difficile uscire di casa.

«Gli Storytellers stanno facendo le prove, e voglio

ascoltare. E poi voi due avete bisogno di tempo per sistemarvi.»

Adrian esitò, poi si spinse in avanti. «Grazie, Nadja.»

Chiuse la porta dietro di noi.

«È insolito?» sussurrai quando mi girai, e lui mi mise giù, in piedi sul letto. Mi tolsi gli stivali e ci saltai sopra.

Anche lui se li tolse. «Molto insolito. Provo... provo sentimenti contrastanti al riguardo.»

Lo afferrai per tirarlo sul letto, e lui mi accontentò seguendomi, saltando sul materasso con me. «Perché?»

«Penso che abbia una cotta per Flynn, il fratello di Story, e lui è un playboy. Non mi piace.»

Esagerai un'espressione scandalizzata, perché amavo tutto di quella conversazione: conoscere i dettagli della famiglia di Adrian, sentir parlare di cotte segrete, amare il fatto che quel Flynn stesse tirando fuori Nadja dall'appartamento.

«Penso che sia un bene. Se la fa sentire di nuovo normale, non può essere una brutta cosa.»

«E quando le farà del male?» chiese Adrian.

«Forse le farà del male» dissi con un'alzata di spalle. «Ma non si sa mai.»

Smisi di saltare e gli lanciai le braccia intorno al collo. «Mi piace il tuo letto» mormorai.

«Mi piace averti nel mio letto» rispose lui. «E ora...» – sollevò un sopracciglio con un'espressione severa – «*Spogliati.*»

I muscoli tra le mie gambe strinsero e rilasciarono, e mi affrettai a obbedire. Mi strappai i vestiti che mi aveva comprato ad Anversa, poi mi misi in ginocchio e gli slacciai la cintura.

«Ho detto che avevi il permesso di succhiarmi il cazzo, *malyška?*»

Rimasi di ghiaccio; lo guardai, il cuore mi martellava per l'eccitazione.

«Puoi farlo dopo la sculacciata.»

I miei muscoli interni si agitarono di nuovo. «Va bene, paparino.»

Contrasse le labbra, ma scosse la testa. «Padrone.»

Mi dimenai per l'eccitazione. «Va bene, padrone.»

Giocherellò con il mio seno per un momento, mi guardò, poi sollevò il mento. «Su avambracci e ginocchia. Fammi vedere quel bel culo esposto.»

Mi adeguai, spingendo il culo verso di lui. Si abbassò per inginocchiarsi dietro di me e mi accarezzò le natiche con il palmo un paio di volte prima di dare la prima sculacciata. Fu fermo e pungente, e mi costrinse a ondeggiare il sedere in attesa di averne ancora.

Iniziò lentamente, alternando le natiche destra e sinistra, poi gradualmente prese velocità. Gemetti e ansimai, la mia eccitazione mi fuoriusciva dalle gambe man mano che aumentava il bruciore. Stavo ansimando quando si fermò e strofinò le dita tra le mie gambe.

Ero bagnata e gonfia per lui, totalmente pronta.

«A chi appartieni, Kateryna?»

Sorrisi tra le coperte. «A te, padrone.»

Mi diede diverse sculacciate forti, abbastanza forti da farmi sussultare.

«Di' il mio nome.»

«Adrian. Adrian Turgenev. Io appartengo a Adrian.»

«Mmm.» Mi ricompensò con carezze intorno alle natiche e poi tra le mie gambe. Stavo tremando, in procinto di iniziare supplicare.

«Chi possiede questa figa, Kateryna?» Avvitò un dito dentro di me.

«Tu» dissi.

«Chi ti fa venire?»

«Solo tu» Sussultai, sul punto di venire proprio ora. Mi allargò le ginocchia e mi aprì i pantaloni. Grazie, *Dio*.

«Hai intenzione di venire dappertutto su questo cazzo, Kateryna?»

Premette la cappella vellutata e dura contro il mio ingresso. Non sapevo cosa gli fosse successo – da dove provenissero tutti quei discorsi sporchi – ma in quel momento stavo lodando ogni divinità mai esistita.

Sapevo che poteva essere dominante, ma quello era un livello completamente nuovo.

«Sì, padrone» sussultai.

«Ti farò venire tutta la notte, *malyška.*»

Spinse dentro e si rilassò, poi premette di nuovo in avanti.

«Sì, ti prego.»

Mi afferrò i fianchi e mi tirò indietro il culo per assecondare le sue spinte costanti.

«Ogni volta che hai bisogno di un buon cazzo duro e di un promemoria su chi ti possiede, cos'hai intenzione di fare, *princessa?*»

Rimasi senza fiato per quanto in profondità stesse entrando in me. La migliore angolazione di sempre. «Indossare la mia divisa sexy da studentessa.»

«Esatto.»

Continuò ad arare dentro di me, tenendomi in pugno e possedendomi, spaccandomi.

Mi piaceva così tanto che mi vennero le vertigini.

«Devo comprarne una nuova» gli ricordai.

«Te ne serviranno molte» grugnì, prendendo velocità. «Una per ogni giorno della settimana. Perché non darò nessuna tregua a questa figa.»

Venni un po'. Adrian sentì la spremitura dei miei muscoli e si avvicinò per strofinarmi il clitoride e aiutarmi, andando ancora a fondo dentro di me mentre rilasciavo.

«Questo è uno» mormorò, implicando che ce ne sarebbero stati molti altri prima che la notte finisse. Poi mi tirò le braccia dietro la schiena e mi spinse il busto giù, sul letto, per darmelo ancora più forte. «Sarai la mia piccola bambola del sesso?»

«Sì, ti prego» supplicai, mentre gli occhi mi giravano indietro nella testa. Non avrebbe potuto fare di meglio. Amavo che mi parlasse sporco tanto quanto amavo il suo enorme cuore eroico. La sua sconfinata capacità di accettarmi così com'ero. Tratto che anche sua sorella e i suoi amici sembravano avere.

«So che hai trovato il sesso di Anversa noioso. Ti stavo solo lasciando riposare. Perché ora userò e abuserò di te per il resto della tua vita.»

Venni di nuovo. Fanculo Delaney e il bisogno di risolvere i problemi con mio padre. Ecco le cose che funzionavano bene per me. Che funzionavano alla perfezione, in realtà.

Non riuscivo a immaginare nessuno che amasse il sesso canonico tanto quanto io amavo l'altro.

«E sono due, *detka*. Faresti meglio a venire di nuovo quando te lo dico io, o si metterà male.»

«Obbedisco.» Sussultai, mentre mi attraversavano scosse di assestamento.

Lui si tirò fuori e io gemetti per la perdita, ma fu solo per tirarmi le gambe e metterle dritte in modo da sdraiarmi sulla pancia. Le stesi per lui, inclinando un po' il culo.

Rientrò, e io gemetti di nuovo per la soddisfazione.

«Ti piace, *malyška?* Ti piace essere riempita da me?»

«Sì, padrone.» Spinse più forte, e lo adorai: i colpi profondi avevano un'angolazione diversa stavolta. Raggiunsi lo spazio tra le mie gambe e mi toccai il clitoride.

«Kat... Kit-Kat» mugugnò lui mentre cominciava a spingere a scatti. «Ora sei mia... non ti lascerò andare.»

In qualche modo, sapeva dire tutto ciò che avevo bisogno di sentire.

«Ti prego» supplicai, già bisognosa di venire di nuovo. Avendo bisogno ottenere il suo piacere come completamento. Una rivendicazione completa. Una tangibile attualizzazione di chi eravamo come nuova coppia.

«*Bljad'*» imprecò, trattenendo il respiro, poi respirando e trattenendolo di nuovo.

«Kat... Kateryna... *sì!*» Si spinse in profondità, il suo cazzo pulsava dentro di me mentre svuotava le palle. Mi scossi con singhiozzi di estasi, i miei muscoli si strinsero intorno al membro, attirandolo più in profondità, mungendone l'essenza.

«Ti prego» piagnucolai, anche se era già venuto. Mi aveva già dato tutto ciò che desideravo.

Abbassò il suo corpo sul mio, baciandomi la nuca, mordendomi, mostrandomi che non era ancora finita.

Non era mai finita con noi. Mi stavo dissolvendo tra le sue braccia, fluttuando via come piccoli pezzi di energia nell'universo. Eppure, non mi ero mai sentita così raccolta. Così tenuta e assorbita.

«Non lasciarmi andare» piagnucolai, non volendo che quel momento finisse. Volendo trattenerlo per sempre.

«Mai, Kat» disse ferocemente. «Non lo farò mai, mai.»

«Ti amo» mormorai.

«Ti amerò *sempre*» rispose lui.

Un profondo respiro si fece strada dentro di me, più in profondità di quanto sapessi possibile. Per la prima volta nella mia vita, riuscivo a respirare.

E Adrian era il mio ossigeno.

Il mio asse centrale.

Il mio tutto.

EPILOGO

Adrian

I TATUAGGI BRATVA venivano fatti come rituali. Si usavano per rappresentare lo status all'interno dell'organizzazione. Anche se Ravil aveva abbandonato o ignorato alcune delle tradizioni della fratellanza, la scelta dei tatuaggi non era fra di queste.

Le nostre anime e la nostra pelle portano il segno dei nostri crimini. Ricordiamo ogni atto e lo confrontiamo con il contributo dei nostri fratelli. Equilibrio nella fratellanza.

Quelle erano state le parole che il nostro *pachan* aveva pronunciato dopo che avevo ucciso quattro uomini di Poval quando avevo fatto irruzione nella fabbrica di divani e liberato mia sorella. Le aveva pronunciate di nuovo quando ero tornato a bruciare il posto.

Ogni crimine meritava un segno sulla pelle. Alcuni li sfoggiavano con orgoglio. Alcuni come penitenza. Oggi completavo quello che portavo per aver rapito Kat. Lo portavo come penitenza. In modo da non dimenticare mai il suo sacrificio e il suo perdono, che ci avevano uniti.

Stepan, il nostro tatuatore, prendeva in considerazione ogni storia quando creava la sua arte, comprese le nostre emozioni riguardo all'evento.

Il tatuaggio che mi aveva fatto per aver bruciato la fabbrica era orgoglioso e potente. Questo più tenero. Aveva usato una corda annodata per rappresentare la prigionia di Kat. Si avvolgeva intorno alla mia spalla, poi serpeggiava intorno al braccio per formare una manetta intorno al polso, un simbolo del legame che avevamo adesso. L'avevo catturata, ma ora ero per sempre legato a lei.

Anche Kat aveva voluto dei tatuaggi, che Stepan aveva finito la scorsa settimana. Non le avrei permesso di inchiostrare la sua pelle con qualcosa di legato a suo padre, ma aveva accettato il simbolo delle manette – per dimostrare che era stata rivendicata da me, per sempre posseduta, conservata e curata. Si era fatta tatuare due manette disegnate con la corda con un nodo a forma di cuore all'interno di ogni polso. Un posto perfetto da baciare ogni volta che le tenevo la mano. Stepan si sedette e annuì. Ero circondato dai membri più anziani della bratva – Ravil, Maxim, Oleg, Nikolaj, così come dal mio amico Majkl e da molti altri membri. Gleb, un fratello bratva di settant'anni che aveva fatto parte di una cellula diversa e da poco aveva trovato la sua strada verso di noi, versava vodka in giro.

Ravil si schiarì la gola e la stanza tacque.

«Le nostre anime e la nostra pelle portano il segno dei nostri crimini. Ricordiamo ogni atto e lo confrontiamo con il contributo dei nostri fratelli. Equilibrio nella fratellanza.»

Alzò il bicchiere.

«Equilibrio nella fratellanza. A nostro fratello.» Maxim sollevò il suo.

«Equilibrio nella fratellanza. A nostro fratello.»

Ogni membro presente partecipò a turno, sollevando il bicchiere e guardandomi negli occhi.

«Equilibrio nella fratellanza.» Sollevai il mio e bevemmo tutti. Gli uomini mi diedero pacche sulla schiena e uscimmo dallo studio del secondo piano di Stepan.

«Pronto a sorprendere la tua ragazza?» chiese Maxim.

Annuii. «Pronto.»

«Sasha dice che le donne hanno finito di preparare.» Alzò lo sguardo da un messaggio sul telefono. «Vai a prendere Kat, e noi ci uniremo alle donne.»

Avevo passato le ultime tre settimane e mezzo a spostare le montagne per metterle insieme uno studio per lavorare la ceramica. Era al primo piano, perché il forno doveva essere installato nel seminterrato e volevo che fosse in grado di avere facile accesso. Inoltre, Ravil le aveva dato uno spazio con una finestra rivolta verso la strada, in modo che potesse mostrare le sue creazioni, se mai si fosse sentita a suo agio nel farlo.

Ero riuscito a mantenere segreta l'intera impresa, fingendo di essere impegnato con il lavoro per Ravil e di non aver ancora avuto la possibilità di mantenere la promessa.

Sasha, che amava sempre far festa, aveva deciso di organizzare una festa da "studio a sorpresa" per Kat. Lei, Nadja, Lucy, Story e la fidanzata di Nikolaj, Chelle, avevano trascorso l'ultima ora decorandolo con palloncini e fiori, e ora stavano aspettando lì per saltare fuori e urlare *sorpresa*. Presi l'ascensore con la stessa vertiginosa soddisfazione che mi scorreva nelle vene ogni volta che andavo nel nostro appartamento.

Vivere con Kat era un piacere intenso. Se non fossi stato così determinato a onorare la mia offerta di costruirle lo studio, non avrei mai lasciato il suo fianco. Nonostante tutto fosse nuovo e io la lasciassi troppo sola, Kat era rimasta ottimista. Si era fatta strada nella vita qui, si era avvicinata a Nadja, aveva fatto amicizia con molte delle donne dell'edificio, in particolare Sasha e Story. Aveva trovato un corso di ceramica e stava pensando di iscriversi al college. Avevamo saputo che suo padre sarebbe stato estradato in Italia per affrontare le accuse di omicidio lì. Se lo avessero rilasciato, avrebbe dovuto affrontare procedimenti penali in altri due Paesi, quindi le possibilità che rimanesse a piede libero erano scarse. Kat aveva offerto l'intero riscatto che le aveva pagato il padre a Nadja, che aveva rifiutato.

Alla fine, avevamo deciso di fare a metà. Ravil e Maxim mi avevano aiutato a investire i soldi in modo che tutti potessimo vivere comodamente dei dividendi.

Anche se ero grato per la facilità che la cosa aveva portato a tutti noi, una parte di me sperava che Nadja non la usasse come scusa per smettere di lavorare. Farla uscire di casa era fondamentale per il suo benessere mentale.

Aprii la porta dell'appartamento e trovai Kat che mi aspettava – *Signore, aiutami* – con una nuova divisa da studentessa.

Aveva una gonna a quadri rossa plissettata con colletto a quadri abbinato intorno al collo. I calzini bianchi erano alti fino alla coscia e la camicetta bianca aveva tre bottoni aperti. Il cazzo mi divenne immediatamente duro come una roccia, e gemetti letteralmente ad alta voce a quella vista.

«Nadja è sparita, quindi ho pensato che potevamo…» si interruppe per scoppiare a ridere quando me la buttai in spalla e iniziai a marciare verso la camera da letto.

Ma aspetta. Mi fermai nel tragitto.

«Cosa c'è?»

Ah. Non potevo.

Al piano di sotto ci aspettavano tutti. Mi girai e la rimisi giù. «*Malyška*, sai che sto morendo dalla voglia di portarti in quella camera da letto per far diventare rosa il tuo bel culo…»

«Ma?»

«Ma prima ho una sorpresa per te.»

Guardai il vestito. Avevo stabilito la regola che quel tipo di abbigliamento era solo per i miei occhi, ma lei era adorabile, e dei miei fratelli mi fidavo. Forse avrei potuto modificare la regola. Le abbottonai uno dei bottoni della camicia e tirai fuori un pezzo di tessuto dalla tasca.

«Girati e chiudi gli occhi.»

«Ah. Hai intenzione di legarmi?»

«Mmm, ti piacerebbe, non è vero, *detka*?» Le legai il tessuto intorno alla testa per coprirle gli occhi.

«Sì. Purché non sia con fascette. Non voglio mai più vedere una fascetta in vita mia.»

«Per il momento non ti lego, *malyška*. Ma lo farò più tardi, lo prometto.»

«Si tratta del tatuaggio? Posso vederlo?»

«Dopo. In questo momento, pensiamo alla tua sorpresa.» La spinsi verso la porta.

«Oh! Stiamo andando da qualche parte?»

«*Da.*» La condussi all'ascensore per portarla al primo piano.

«In auto?»

«*Net.*»

«Usciamo dall'edificio?»

«*Net.* Basta domande, Kateryna. Abbi pazienza.»

La condussi allo studio e aprii la porta. I nostri amici erano stipati lì dentro, in attesa, con le luci spente.

«Dove siamo?»

Slegai la benda e qualcuno accese le luci.

«Sorpresa!» urlarono tutti. I coriandoli ci volarono addosso da tutte le direzioni. Le donne avevano rallegrato lo studio con stelle filanti e palloncini e fiori.

Sul retro era stato appeso uno striscione con la scritta «Kremlin Clay.»

C'erano secchielli per il ghiaccio pieni di champagne su piedistalli d'argento e sul tavolo un tagliere gigante con salumi, formaggio, bacche, favi e cracker.

Kat urlò e inciampò all'indietro cadendomi tra le braccia. Si coprì la bocca con le mani. «Oddio. Ma cos'è? Oddio!»

«Benvenuta nel tuo nuovo studio, il Kremlin Clay» le dissi, cullandola lentamente mentre metabolizzava tutto.

«C-cosa?» disse debolmente. «È... è mio?»

«Esatto, *detka*. Grazie a Ravil» – feci un cenno al mio *pachan* – «che ci ha dato questo spazio. E a tutti i miei fratelli che mi hanno aiutato a prepararlo.»

Lo esaminò. Mi ero consultato con l'insegnante dello studio vicino, dove aveva iniziato le lezioni, per sapere tutto ciò di cui avrebbe avuto bisogno. Il laboratorio era spazioso, con pavimenti in piastrelle di ceramica e contro-soffitti facili da pulire e due grandi lavandini industriali sul retro. C'era un tornio, ma c'era spazio per aggiungerne altri, nel caso in cui avesse voluto tenerci lezione. Avevo costruito delle pratiche scaffalature, sul retro per le crea-zioni in lavorazione e nella parte anteriore quelle più belle, per esibire il lavoro finito.

«Il forno viene consegnato tra qualche settimana, ma ho già previsto il tracciato elettrico. Andrà nel seminter-rato, che puoi raggiungere attraverso quelle scale.» Indicai la porta sul retro dello studio. «Le finestre sono smerigliate per ora, ma se mai deciderai di esporre le tue merci, possono essere sostituite.» Indicai la parte anteriore dello studio, affacciata sulla strada. Kat si girò verso di me. Aveva chiazze di colore sulla pelle. Seppellì il viso nel mio petto e scoppiò in lacrime.

«Ah, penso che questo significhi che le piace.» Sasha mi fece l'occhiolino.

Cercai di calmare il ritmo del cuore che mi batteva contro il petto. Erano lacrime di felicità, ma mi facevano ancora venire voglia di spostare le montagne per vederla sorridere. «Lo adoro» singhiozzò contro il mio petto. «Oddio, non riesco a smettere di piangere.» Sollevò il viso e si asciugò le lacrime. «È davvero bello da parte tua.» Si girò. «Da parte di tutti voi. Non posso credere che abbiate fatto questo per me.»

«Ma certo che l'abbiamo fatto» disse Sasha con tranquillità. «Ora fai parte della squadra.»

E così Kat pianse ancora più forte. Anche a me si appannarono gli occhi, perché sapevo quanto quel senso di appartenenza significasse per lei. Non aveva mai avuto una famiglia su cui contare, prima. E io ero deciso a dargliela ogni giorno. Per assicurarmi che sapesse di appartenere a quel posto. Non solo accanto a me, ma con tutti noi.

«Grazie.» Fece del suo meglio per riprendersi.

Nikolaj aprì una bottiglia di champagne e la porse a Chelle, che iniziò a versarlo nei bicchieri allineati sul bancone.

«Dai, brindiamo.» Sasha tirò Kat in avanti e le porse un bicchiere di champagne mentre Nikolaj stappava una seconda bottiglia.

«Non devi trasformarlo in punto vendita; potresti anche tenerlo come studio privato ma organizzare serate di apertura al pubblico ogni mese. Potresti anche invitare altri artisti.»

Sorrisi tra me e me mentre Sasha faceva brainstorming.

«Assolutamente» concordò Chelle. «Sarei felice di aiutarti con la pubblicità, se decidessi di farlo.»

«Ragazze, mi state facendo piangere di nuovo» piagnucolò Kat, asciugandosi le lacrime. Mise giù il bicchiere e mise un braccio intorno a ciascuna delle donne. «Vi voglio davvero bene, lo sapete?»

«Oh, anche noi te ne vogliamo, tesoro» disse Sasha.

«Davvero» concordò mia sorella con la sua voce dolce.

Quando tutti ebbero in mano il bicchiere, Sasha sollevò il suo. «Al Kremlin Clay e alla sua artista, Kateryna!»

«A Kateryna» mormorai, facendo tintinnare il mio bicchiere contro il suo.

«Ti amo.»

«*Vaše zdorov'e.*» I russi nella stanza fecero tutti il brindisi nella loro lingua.

«Cin cin» dissero Chelle e Story con una risata, facendo tintinnare i bicchieri.

«Grazie, Adrian.» Gli occhi di Kat si riempirono di nuovo di lacrime. Appoggiai la fronte contro la sua mentre i bicchieri tintinnavano intorno a noi. Lei posò il suo, e io le presi i polsi e la accarezzai con i pollici nel punto in cui si trovavano i nodi tatuati.

«Sei mia» mormorai.

«Dillo di nuovo.»

«Sei mia. Per sempre, *malyška.*»

Tracciò il disegno del mio nuovo tatuaggio lungo il mio braccio fino al polso, poi mi prese la mano e mi baciò il polso. «E questo significa che tu sei mio.»

«Sì. Per sempre.»

Si lanciò su di me, gettandomi le braccia al collo e premendo le labbra sulle mie.

«Ci divertiremo tantissimo» disse, e io risi a mia volta, tirandola contro il mio corpo e dandole un altro bacio.

«Sì. Tantissimo.»

~

GRAZIE PER AVER LETTO *Il pulitore*. Se ti è piaciuto, apprezzerei davvero una recensione. Può fare una gran differenza per un'autrice indie come me.

Clicca qui per l'epilogo bonus.

Il playboy
Quando si è in ballo bisogna ballare.
Flynn Taylor, rubacuori rock 'n roll, gioca d'impulso.
Esce con ragazze diverse ogni sera. Sì, ragazze, al plurale.

Pronto a diventare non solo un fenomeno di Chicago, ma un'icona americana,

rappresenta tutto ciò che dovrei evitare.

Ma in fondo, forse non importa.

Sono così a pezzi da non essere nemmeno capace di avere una relazione.

Potrebbe essere l'antidoto perfetto.

La tentazione di cui ho bisogno per tornare di nuovo nel mondo dei vivi.

Potrebbe aiutarmi a superare il mio trauma. A riprovare l'intimità fisica.

Se va male, nessun danno, nessun problema, giusto?

Se solo potessi impedire al mio iperprotettivo fratello membro della bratva di minacciarlo

di morte nel caso mi toccasse...

Leggi Ora

Wolf Ridge High

Alfa Bullo

Alfa Cavaliere

Alfa ribelli

Tentazione Alfa

Pericolo Alfa

Un premio per l'Alfa

Una Sfida per l'alfa

Obsession Alfa

Desiderio Alfa

Guerra Alfa

Missione Alfa

Tormento Alfa

Segreto Alfa

La Preda dell'Alfa

Wolf Ranch

Brutale

Selvaggio

Animalesco

Disumano

Feroce

Spietato

Due Segni

Indomita (gratuito)

Tentazione

Deseada

Sedotta

Padroni di Zandia

La sua Schiava Umana

La Sua Prigioniera Umana

L'addestramento della sua umana

La sua ribelle umana

La sua incubatrice umana

Il suo Compagno e Padrone

Cucciolo Zandiano

La sua Proprietà Umana

La loro compagna zandiana (gratuito)

L'AUTORE

L'autrice oggi bestseller negli Stati Uniti Renee Rose ama gli eroi alfa dominanti dal linguaggio sboccato! Ha venduto oltre un milione di copie dei suoi romanzi bollenti, con variabili livelli di erotismo. I suoi libri sono comparsi su *USA Today's Happily Ever After* e *Popsugar*. Nominata *Migliore autrice erotica da Eroticon USA* nel 2013, ha vinto come autrice antologica e di fantascienza preferita dello *Spunky and Sassy*, come miglior romanzo storico sul *The Romance Reviews* e migliore coppia e autrice di fantascienza, paranormale, storica, erotica ed ageplay dello *Spanking Romance Reviews*. È entrata dieci volte nella lista di *USA Today* con varie antologie.

Iscrivetevi alla newsletter di Renee per ricevere scene bonus gratuite e notifiche riguardo a nuove pubblicazioni!
https://www.subscribepage.com/reneeroseit

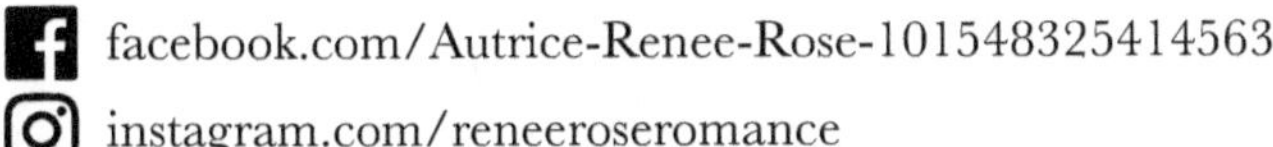

facebook.com/Autrice-Renee-Rose-101548325414563
instagram.com/reneeroseromance

www.ingramcontent.com/pod-product-compliance
Lightning Source LLC
Chambersburg PA
CBHW070639100726
47907CB00007B/2036